YN Y TŶ HWN

Yn y Tŷ Hwn

Sian Northey

Gomer

Cyhoeddwyd yn 2011 gan
Wasg Gomer, Llandysul, Ceredigion SA44 4JL

ISBN 978 1 84851 158 3

Dymuna'r cyhoeddwyr gydnabod cymorth
Cyngor Llyfrau Cymru.

Argraffwyd a rhwymwyd yng Nghymru gan
Wasg Gomer, Llandysul, Ceredigion

I Twm
ac er cof am Iwan

Pennod 1

ROEDD Anna wedi cymryd hanner awr i gario'r coed i'r tŷ ac roedd y tân yn y stôf goed bron â diffodd. Rhoddodd un o'i baglau i orffwys yn erbyn y wal a thynnu'r sach oddi ar ei chefn. Gwagiodd y coed ohoni gan roi'r darnau lleiaf, sychaf, yn syth ar y tân a phentyrru'r gweddill yn domen daclus wrth ochr y stôf. Trodd yn sydyn i godi dau fys ar y giwed a rhythai arni trwy'r ffenest, a chwarddodd yn uchel.

'Iesu, tasa 'na rywun yna go iawn mi fysan nhw'n meddwl 'mod i'n drysu. Hen wraig yn mynd yn hollol ga-ga. Ac yn siarad efo hi'i hun.'

Efallai y byddai'n braf cael cath eto. Doedd yr un anifail anwes wedi bod yn Nant yr Aur ers rhai blynyddoedd bellach, ond fe fyddai cath fach yn sbort. Ar ôl i'w choes wella, meddyliodd, efallai y byddai'n ystyried chwilio am gath fach a fyddai'n tyfu'n gath fawr – un a allai ganu grwndi ac a fyddai'n marw ac yn cael ei chladdu gyda'r lleill ym môn y clawdd.

Trodd yn ôl i wynebu'r ffenest a chodi un bys y tro hwn cyn rhoi proc i'r tân, ymestyn am y fagl a symud at y gadair.

'Pum munud bach, cyn nôl chwanag.'

Teimlai'n falch fod ei chynllun wedi gweithio. Roedd modd iddi ddod i ben â phethau, doedd dim rhaid iddi roi'r gorau iddi oherwydd rhyw bwt o ddamwain. Nac oherwydd henaint. Er bod arni ofn disgyn eto, a gwneud niwed i'w ffêr, roedd yn sicr ei bod wedi gwneud y penderfyniad iawn yn gwrthod trafod efo'r hogan gwasanaethau cymdeithasol cyn iddi adael yr ysbyty. Doedd arni ddim angen neb. Edrychodd eto ar y coed tân. Efallai nad dyma oedd y ffordd ora i orffen oes hafersac Karrimor ddrud, ond doedd hi ddim yn debygol o'i defnyddio i ddim byd mwy anturus byth eto. Llwyddodd i wneud y daith deirgwaith, gan lywio'i ffordd yn ofalus o gwmpas gweddillion yr eira a lynai i'r crawiau o flaen y drws. Yna rhoddodd y gorau iddi.

Un peth bach cyn eistedd, meddyliodd. Aeth i'r cefn i nôl siswrn, yna torrodd y freichled blastig yn rhydd oddi ar ei harddwrn a'i thaflu i'r tân. Gwyliodd wrth iddi hanner toddi, hanner llosgi, ac aeth rhyw ias drwyddi. Suddodd i'r gadair a gwylio'r fflamau, a theimlai'r tŷ yn ymlacio o'i hamgylch. Gallai synhwyro'r ystafelloedd yn closio at ei gilydd fel moch bach mewn gwellt. Gwyddai y dylai goginio rhywbeth, neu o leiaf dorri brechdan a darn o gaws. Doedd hi heb fwyta o gwbl amser cinio, a dim ond darn bychan o dost gafodd hi i frecwast. Ond rŵan roedd yr egni styfnig a'i galluogodd i gario'r coed tân wedi diflannu ac theimlai'r gegin yn bell a'r botel wisgi'n agos. Tywalltodd fodfedd hael i'r gwydryn oedd ar y bwrdd bach ers y noson cynt. Arfer newydd oedd y wisgi. Dynas *gin* oedd hi wedi bod erioed. Ond rhyw chydig fisoedd yn ôl, yng nghanol ei hantur fisol i'r archfarchnad cafodd ei denu – heb unrhyw reswm, bron – gan botel o *single malt* drud. Cyfiawnhaodd y penderfyniad trwy resymu y byddai'n debygol o yfed llai o ddiod nad oedd yn arbennig o hoff ohono.

Ond yn fuan roedd hi wedi ymserchu yn yr hylif euraid. Nid ei bod hi'n meddwi'n wirion ar ei phen ei hun. Na, roedd y dyddiau o feddwi'n wirion wedi hen basio. Pethau ymhell, bell yn ei gorffennol oedd y nosweithiau o ddawnsio ar ben byrddau a chrio am fod morfilod yn mynd i ddiflannu o'r byd. Ond fe welodd hi'r olwg ar wyneb yr hogyn ambiwlans wrth iddo glywed arogl y wisgi ar ei gwynt.

Ta waeth. Roedd hi'n falch o gysur y Glenmorangie heno, ac yn falch hefyd o gysur tawelwch y tŷ o'i gymharu â phrysurdeb yr ysbyty. Pan ganodd y ffôn, cafodd ei themtio am eiliad i'w anwybyddu. Petai'r ffôn yr ochr arall i'r ystafell fe fyddai wedi gwneud, ond roedd o ar y bwrdd bach efo'r botel wisgi. Doedd hi ddim yn adnabod y llais na'r enw. Dyn, canol oed o bosib, efallai'n iau na hynny – tipyn iau nag Anna, yn sicr – yn holi a oedd hi wedi derbyn y llythyr roedd o wedi'i anfon ati.

'Dwi wedi bod . . .' Am ryw reswm, petrusodd Anna. 'Dwi wedi bod i ffwrdd. Heddiw ddois i adra, a dwi heb edrych ar y llythyra eto.'

Disgynnodd coedyn yn y grât a chlywodd Anna ei hun yn gaddo y byddai'n ystyried ei gynnig ac yn ei ateb. Sicrhaodd ef y byddai'n ateb trwy lythyr yn fuan ac nad oedd angen iddo ffonio eto. Wrth iddi roi'r ffôn yn ôl ar y bwrdd sylweddolodd nad oedd o wedi dweud wrthi beth oedd y cynnig, ac nad oedd hithau wedi gofyn.

Gadawodd y wisgi ar ei ganol a hercian i'r gegin. Roedd hi'n oerach yn fanno. Rhoddodd ddau lond dwrn o *tagliatelle* i ferwi, a thynnu'r jar *pesto* o'r oergell. Coginio nad yw'n goginio. Roedd y llythyrau'n aros amdani'n bentwr ar fwrdd y gegin. Tra oedd y pasta'n berwi dechreuodd fynd trwyddynt – dau gerdyn yn dymuno gwellhad buan, bil trydan, rhyw chydig o sothach gâi fynd yn syth i'r tân, ac amlen wen a'i henw wedi'i gamsillafu arni. Agorodd yr amlen a dechrau darllen, gan adael i'r pasta ferwi'n rhy hir. Achubodd ef cyn iddo droi'n slwj, rhoi llwyaid o besto ar ei ben a mynd â'r ddysgl i'r ystafell fyw i fwyta'r pryd o flaen y tân. Roedd y llythyr eisoes wedi'i blygu a'i wthio i boced tin ei jîns, ond doedd dim angen iddi edrych arno eto.

'Na' oedd yr ateb, wrth gwrs. Petai hi isio gwerthu fe fyddai wedi gwneud hynny flynyddoedd yn ôl. Roedd hi wedi cael gwell cynigion; cynigion ariannol da a fyddai wedi golygu y gallai fyw bywyd newydd, hollol wahanol. Ond roedd yna ddealltwriaeth, rhyw fath o gytundeb mewn ffordd. Roedd hi'n gwybod hynny y diwrnod y cerddodd dros drothwy Nant yr Aur am y tro cyntaf. Neu efallai mai dychmygu hynny rŵan oedd hi, a'r diwrnod hwnnw mor bell yn ôl, mor bell â ddoe.

Wrth gwrs, roedd hi wedi bod yno cyn y diwrnod hwnnw hyd yn oed, flynyddoedd lawer cyn y diwrnod hwnnw. Ond dim ond tu allan i'r tŷ oedd hynny. Cael ei pharatoi, efallai, a hithau'n ddim ond plentyn. Ar ei phen ei hun oedd hi y tro cyntaf iddi weld Nant yr Aur, plentyn un ar ddeg oed, braidd yn unig, ychydig yn rhamantus, yn crwydro ar ei phen ei hun efo'i chi. Roedd ganddi ddarlun clir yn ei meddwl o Meg, yr ast goch, yn rhedeg trwy'r brwyn i lawr at yr afon. Yr adeg honno crwydrai Anna ar ei phen ei hun o ben bore tan ddiwedd pnawn heb neb yn poeni amdani gan ei bod ddigon lwcus i gael ei geni mewn cyfnod ac ardal lle nad oedd y fath beth â phedoffiliaid yn bod. Neu lle nad oedd neb yn fodlon cyfadda eu bod yn bodoli, o leia.

Ac fe welodd hi'r tŷ gwag, mewn llecyn unig, ymhell o bob man. Eisteddodd wrth y drws yn byta'i brechdan gaws gan deimlo mai hi oedd ei berchennog. Cadwodd y lle'n gyfrinach am sbel, rhag ofn i'r ffaith ei bod yn sôn amdano ei lygru, ac i'r gweiddi a'r ffraeo dreiddio i Nant yr Aur hefyd. Ond hyd yn oed pan soniodd wrth ei rhieni am y tŷ wrth yr afon, yn y cwm, yng nghanol y mynydd a'r gigfran yn hedfan uwchben, cafodd gyn lleied o ymateb 'sa waeth iddi fod wedi'i gadw'n gyfrinach ddim. Ac ar ôl ychydig amser, prin y cofiai a oedd hi wedi sôn wrth ei rhieni amdano ai peidio.

Hyd yn oed yn ei harddegau, byddai'n crwydro yno pan fyddai pethau'n ddrwg adref; pan fyddai clais ar foch ei mam, a'i thad ddim hyd yn oed yn trafferthu cuddio'r poteli yn y cwpwrdd crasu. Roedd Meg bellach yn rhy hen i ddod efo hi, ac yn hytrach na bwyta brechdan gaws byddai'n mwynhau sigarét dawel wrth eistedd ar y rhiniog a gadael i'r tŷ ei chysuro. Welodd hi neb arall yno erioed. Efallai mai dyna pam roedd hi mor rhwydd credu mai hi oedd yn berchen Nant yr Aur. A doedd hi byth yn curo'r drws, dim ond rhoi ei bawd ar y glicied bob tro, rhag ofn y byddai heb ei gloi ac y gallai fynd i mewn ac esgus mai yma oedd ei chartref. Wedi'i gloi oedd y drws bob tro, a'i chartref oedd lle y byddai hi a'i mam yn troedio'n ofalus, a lle'r oedd y cymdogion yn anwybyddu'r gweiddi.

Ond erbyn iddi fynd i mewn i Nant yr Aur am y tro cyntaf roedd ei mam wedi marw a'i thad ffwndrus mewn cartref gofal.

Duw a ŵyr yn union pam y cychwynnodd hi yno'r diwrnod hwnnw. Roedd ei chyfarfod wedi'i ohirio, roedd ganddi bnawn rhydd o'i gwaith, roedd hi'n braf, roedd wedi clywed cân o'i phlentyndod ar y radio, a honno wedi mynnu aros yn ei phen drwy'r bore. Efallai mai dyna pam. Hoffai feddwl mai ffawd oedd o i gyd, cyd-ddigwyddiad wedi'i gynllunio gan rywun, gan rywbeth.

Beth bynnag oedd y rheswm, fe yrrodd y car at gartref ei phlentyndod, parcio yno a dechrau cerdded. Rhedai'r lôn drol ar hyd ochr y llyn, ac wedi hynny roedd llwybr yn arwain trwy'r bwlch rhwng y ddau fryncyn. Dringo, gan golli ei gwynt braidd, hyd at y graig wastad ac edrych i lawr mewn hanner ofn. Ofn na fyddai yno, ofn y byddai'n furddun, neu y byddai rhyw ddiawl di-chwaeth wedi'i altro ac wedi sticio conserfatori o'i flaen, neu y byddai'r comisiwn coedwigaeth wedi hawlio'r tir o'i amgylch. Ond na, o'r pellter hwnnw o leia, edrychai'n union fel yr edrychai bron chwarter canrif ynghynt, yn tyfu allan o'r graig, a'r nant yn llifo o'i flaen. Roedd mwy o frwyn yn y caeau, efallai, ond roedd popeth 'run fath i bob pwrpas. Edrychodd i lawr ar ei choesau – gan ddisgwyl gweld rhai brown, noeth plentyn un ar ddeg oed – a syllu mewn syndod ar gluniau 'tebol gwraig yn ei thri degau. Bu bron iddi alw ar Meg i'w dilyn ar hyd y darn olaf i lawr yr allt ac ar hyd y gwastad at y tŷ.

Roedd drws Nant yr Aur yn un llydan, a cherrig wedi'u gosod ar eu cyllyll yn fwa uwch ei ben. Drws pren o blanciau derw hollol ddiaddurn, heb na phaent na farnais, oedd o pan oedd hi'n blentyn – ac felly'n union oedd o rŵan hefyd. Cerddodd yn syth ato, a chyda grym arferiad rhoddodd ei bawd ar y glicied a gwthio. Ac am y tro cyntaf erioed, fe agorodd y drws. Agorodd yn rhwydd ar ei golyn, yn llydan agored. Doedd dim amser i betruso, i ailfeddwl. Ystafell wedi'i haddurno'n syml iawn, a thanllwyth o dân coed yn y simne fawr yn y pen – ystafell heb 'run bod dynol ynddi. Camodd i mewn. Roedd yna ddysgl o ffrwythau ar y ford gron dderw, a heb feddwl gafaelodd mewn dyrnaid o rawnwin a'u bwyta'n araf, un ar y tro, gan edrych yn bwyllog o amgylch y stafell.

'A phwy sy'n bwyta fy ffrwythau i? meddai Dadi Arth,' taranodd llais uwch ei phen yn rhywle.

Gollyngodd y grawnwin oedd yn ei llaw, ac wrth iddi droi i gyfeiriad y llais, roedd hi'n bedair ar ddeg ar hugain oed unwaith eto.

Yn yr oriel ym mhen pellaf yr ystafell safai dyn a oedd yn amlwg ar ganol newid ei ddillad – jîns, troednoeth, ei grys yn ei law a'i wallt yn wlyb.

'Mae'n ddrwg gen i, dwi ddim yn arfer…dwi'n siŵr 'ych bod chi'n meddwl…'

Sylweddolodd, ar ganol y cecian yma, fod y llygaid yn yr oriel yn dawnsio a'r geg yn ymdrechu'n galed i beidio â chwerthin ar ei phen.

'Stedda, fe ddo i lawr mewn dau funud i ddeud wrtha chdi be dwi'n feddwl.'

Edrychodd Anna i gyfeiriad y drws agored. Pe bai ganddi gar y tu allan fe fyddai wedi cymryd y goes, ond roedd dychmygu trio cael y blaen ar hwn wrth geisio dianc ar draws y gweundir ac i fyny'r llechwedd, neu i lawr y lôn drol drwy'r cwm tuag at y môr, yn ei hatal. Neu efallai mai dyheu am aros yn Nant yr Aur ychydig yn hirach oedd hi. Eisteddodd yn un o'r cadeiriau esmwyth o flaen y tân, bron yn union lle'r oedd hi'n eistedd rŵan, ac aros.

Ni fu raid iddi aros yn hir. Daeth y gŵr i lawr y grisiau pren serth o'r oriel, yn dal yn droednoeth, ond â'i grys amdano a lliain yn ei law yn sychu'i wallt. Wrth basio'r drws ffrynt, rhoddodd hergwd iddo i'w gau.

'I gadw'r gwres i mewn.'

Roedd yn ddrws solet, a gwyddai hithau mai hwn oedd

yr unig ddrws i'r tŷ. O leia roedd y dieithryn yma'n Gymro, neu'n siarad Cymraeg. Y ffydd ddiniwed yna sy'n caniatáu i rieni dosbarth canol adael i Ffion fach, sy ddim yn cael cerdded adref o'r ysgol fel arfer, grwydro yn ddilyffethair ar hyd maes y Steddfod am oria.

'Panad?'

'Ym . . . diolch. Dim siwgwr na llefrith.'

'Lemwn? Earl Grey? Darjeeling?'

Diflannodd drwy ddrws gyferbyn â hi, ac Anna'n dal i eistedd yno mewn syndod. Y peth ola oedd hi wedi'i ddisgwyl y bore hwnnw oedd paned o de Earl Grey yn Nant yr Aur.

Gallai glywed sŵn y llestri o gyfeiriad y gegin, ond ni wnaeth yr un o'r ddau ohonynt ymdrech i sgwrsio rhwng ystafelloedd. Edrychodd Anna o'i chwmpas. Gwnaeth ymdrech ymwybodol i drio cofnodi'r cyfan, rhag ofn na châi gyfle i fod o fewn muriau Nant yr Aur byth eto. Tŷ haf oedd o, yn amlwg, heb ddim o'r geriach bob dydd sydd yn y tai taclusaf, hyd yn oed; ac eto gallai weld bod hwn wedi bod yma ers tipyn. Roedd cornel ger y ffenest agosaf at y tân wedi'i threfnu fel rhyw fath o swyddfa – yn cynnwys desg, cyfrifiadur, papurach a llyfrau. Fe fyddai'n rhaid iddi godi o'i chadair i gael cip ar y llyfrau: geiriaduron oedd yr unig gyfrolau y gallai eu hadnabod o bell. Wel, os dwyn grawnwin, man a man iddi fusnesu go iawn.

Edrych ar lun ar y wal oedd hi, cyn cyrraedd y ddesg, pan ddaeth o'n ôl i mewn i'r ystafell yn cario dau fŵg tsiena o de a chacan siocled. Estynnodd y te iddi, a mynd i eistedd o flaen y tân, yn amlwg yn disgwyl iddi ei ddilyn.

'Ioan, Ioan Gwilym,' meddai, gan wenu'r wên yna eto.

'Anna Morris. Sbïwch, mae'n ddrwg gen i, tydi'r drws 'rioed

wedi agor o'r blaen…wyddwn i ddim fod 'na neb yma…dwi wedi bod isio…'

Roedd y diawl yn chwerthin am ei phen eto. Ymestynnodd Anna am ddarn o'r gacan i guddio'i phenbleth, a bwyta darn ohoni.

'Mae hi'n dda. Chi nath hi?'

Cwestiwn gwirion. A fyddai dyn – ysgolhaig, awdur, beth bynnag oedd o – mewn lle mor ddiarffordd â hyn yn treulio'i amser yn pobi cacennau siocled rhag ofn y byddai rhywun yn digwydd galw heibio i gael te? Gorau po gyntaf yr âi hi o 'ma, meddyliodd, cyn iddi ddweud neu wneud rhywbeth arall gwirion.

'Chdi. Os ti'n cerdded mewn i'r tŷ ac yn helpu dy hun i ffrwytha, siawns na fedri di ddweud chdi wrtha i; ac ia, fi nath y gacan.'

O edrych yn ôl, efallai mai dyna pryd y syrthiodd Anna mewn cariad efo fo.

'Ti 'di cael hwyl arni.'

❧

Heno, roedd Anna'n gallu cofio blas y gacen a sut oedd yr ystafell wedi'i dodrefnu'r diwrnod hwnnw, yn haws nag y gallai gofio wyneb Ioan. Ceisiodd ail-greu ei wyneb, a'i osod i eistedd yn y gadair gyferbyn â hi, ond roedd yn gwrthod ymddangos.

Ond yn sydyn, am eiliad, clywai ei lais o'r gegin gefn, 'Ti fel mul, Anna.'

'Petha call ydi mulod,' meddai hithau gan dywallt rhyw fymryn mwy o wisgi i'w gwydryn.

'A phetha tlws,' meddai'r llais.

Pennod 2

GOLLYNGODD Anna ei hun ar y gwely gydag ochenaid. Doedd grisiau a baglau ddim yn gyfuniad da, ond roedd hi wedi bod yn benderfynol o gysgu yn ei llofft ei hun, yn hytrach nag ar y soffa lawr grisiau. Wrth iddi dynnu amdani fe syrthiodd y llythyr o boced ei jîns. Lluchiodd ei dillad yn bentwr blêr ar gadair, a chodi'r llythyr er mwyn ei osod ar y bwrdd bach wrth erchwyn y gwely. Ac yna, a hithau'n gyfforddus, a'r botel dŵr poeth yn ei siaced wlanog yn gorwedd yn erbyn y goes nad oedd mewn plastar, gafaelodd ynddo a'i ddarllen o'r newydd.

Rywbryd fe fyddai'n rhaid iddi gymryd pethau fel hyn o ddifri. Nid rŵan, ond rywbryd. Fe ddylai atab y dyn yma fory. Doedd 'na ddim rheswm dros beidio â bod yn gwrtais efo pobl. Ac roedd o'n swnio'n ddigon clên ar y ffôn. Roedd yn chwith ganddi am y dyddiau pan oedd modd creu llun o berson o'i lawysgrifen, ond oedd yna ddim byd ond y cyfeiriad ar yr amlen, a'r llofnod, i roi proc i'r dychymyg. Ac arddull y llythyr, wrth gwrs, ond doedd yna ddim byd eithriadol yn hwnnw – os nad ydi Cymraeg cywir yn eithriadol, meddai'r hen wraig biwis oedd yn byw yn ei chorff weithiau.

Roedd y corff hwnnw wedi newid cymaint ers y diwrnod y gofynnodd Ioan iddi ddod i fyw ato. Hithau'n petruso am eiliad ac yntau'n rhoi cynnig arall arni.

'Ty'd i fyw i Nant yr Aur,' meddai eto.

Ac mi ddaeth, ac mi arhosodd. Ond yn aml, os na fyddai'n gwneud ymdrech ymwybodol i'w hatgoffa'i hun o'r ffeithiau moel, mi fyddai'n teimlo mai Ioan oedd wedi dod i Nant yr Aur ati hi.

Rhoddodd y llythyr yn ôl yn yr amlen, diffodd y golau a gorwedd yno'n edrych trwy'r ffenest yn y to ar y sêr. Ers iddi ddeall y peth, amser maith yn ôl yn yr ysgol gynradd, roedd wedi gwirioni ar y ffaith mai edrych ar bethau nad ydyn nhw'n bodoli bellach ydi edrych ar ambell seren – rheini lle mae'r golau'n dal i ddod, ac yn dal i ddod, ac yn dal i ddod ar draws yr holl filltiroedd, ac erbyn iddo gyrraedd y ddaear, erbyn iddo gyrraedd ei llygaid hi, mae'r seren ei hun wedi diflannu, wedi marw, wedi peidio â bod.

Fel pob dau gariad, bu Ioan a hithau'n syllu ar y sêr. Yn y gaeaf byddent yn gorwedd yn y gwely yma'n rhythu arnyn nhw, ond yn yr haf byddent yn llusgo blancedi allan ac yn gorwedd law yn llaw ar lan y nant. Tybed sawl seren oedd wedi marw ers hynny, a'i golau'n dal i gyrraedd Nant yr Aur? Ac wrth gwrs – a gwenodd wrth feddwl am y peth – roedd yna sêr newydd bellach yn bodoli a'u golau heb eto gyrraedd Nant yr Aur. Rhai ohonynt yn sêr nad oedd yn bodoli o gwbl pan afaelai yn llaw Ioan, eraill yn bodoli yr adeg honno a'u golau'n dal heb gyrraedd. Ac roedd yna rai, mwy na thebyg, y gallai hi eu gweld heddiw nad oedd posib gweld eu golau yr adeg honno, er eu bod yno. Roedd yr holl beth mor wyrthiol o gymhleth a mawr. Mawr tu hwnt i bob dirnad.

Ymbalfalodd ei hymennydd am ryw linell '. . . hawl ar ddim, dim ond . . . yng nghanol rwbath neu'i gilydd Duw . . .'

'Doedd o ddim yn fardd cystal â hynny 'sti,' meddai llais Ioan.

Anwybyddodd Anna ei lais am funud er mwyn gafael yn y gerdd unwaith eto.

'Nid oes gennym hawl ar y sêr,
Na'r lleuad hiraethus chwaith,
Na'r cwmwl o aur a ymylch
Yng nghanol y glesni maith.

Nid oes gennym hawl ar ddim byd
Ond yr hen ddaear wyw:
A honno sy'n anhrefn i gyd
Yng nghanol gogoniant Duw.'

A phan oedd y gerdd gyfan ganddi, gadawodd i'r atgofion am
y noson honno ger yr afon lifo'n ôl ati.

'Rwtsh sentimental. Lle dysgist ti honna ar dy go fel'na?'

'Yn 'rysgol. Dwi'n 'i licio hi, 'sti. Mae hi'n deud y gwir.
Sgynnon ni ddim hawl arnyn nhw. Dim ond ar fama.'

Cymerodd gip sydyn ar y tŷ y tu ôl iddynt, ac yna ar y dyn
wrth ei hochr. Doedd hi ddim isio trafod yn union lle neu be
oedd fama. Tydi fama pawb ddim 'run fath.

'Ei theitl hi ydi'r peth gora,' medda fo. 'Y Blotyn Du –
damwain, llanast.'

'Tydi pob damwain ddim yn llanast.'

'Nac ydi,' a'i fysedd yn gorffwys yn ysgafn a gwarchodol
ar ei bol, ac yna'n symud yn is. Dyma un o fanteision tŷ
anghysbell, meddyliodd Anna. Mantais na allai ei chrybwyll
wrth y bydwragedd oedd yn poeni amdani, yn poeni ei bod
yma ar ei phen ei hun yn aml tra oedd Ioan i ffwrdd yn
darlithio, yn poeni pa mor rhwydd fyddai iddi gyrraedd yr
ysbyty mewn pryd pan ddeuai ei hamser. Dim ond un fentrodd
sôn am unigedd ac iselder posib yn dilyn yr enedigaeth.
Edrychodd Anna ar honno mewn anghrediniaeth lwyr. Na,

nid anghrediniaeth, chwaith; nid methu credu oedd hi, ond yn hytrach methu amgyffred y peth. Ni allai hi amgyffred bod modd iddi deimlo'n unig nac yn isel yn Nant yr Aur.

A doedd hi ddim wrth gwrs – nid yr adeg honno, o leia. Wrth i'r chwys oeri arnynt, a mymryn o wynt yn eu cyrraedd o gyfeiriad y môr, cododd y ddau eu blancedi a'u cario'n ôl i'r tŷ ac i'r llofft. Gwnaeth Ioan banad – coffi llaeth a joch o wisgi yn ei lygad o. Doedd hi ddim yn cofio bod hi'n mwynhau wisgi felly radag honno. Roedd y taflenni roddodd y fydwraig iddi'n argymell osgoi alcohol, ond go brin fod llond gwniadur unwaith yr wythnos yn mynd i wneud drwg i neb. Roedd hi'n deall bod yna bellach restr hir o bethau y dylai gwragedd beichiog eu hosgoi. Fyddai hi ddim yn cael bwyta caws meddal, na chimwch. Ond roedd Ioan yn dod â phob math o gawsiau'n ôl o'i deithiau, ac roedd Emyr yn cyrraedd yno weithiau efo cimwch iddi. Er mor hoff oedd hi o'u blas, roedd yn gas ganddi eu rhoi'n fyw yn y dŵr berwedig ond roedd yntau'n falch o wneud hynny iddi ac yna aros i gael swper. Flynyddoedd yn ddiweddarach y sylweddolodd fod Emyr yn gwirioni arni, ond erbyn hynny roedd pob math o bethau wedi newid.

❧

'Dwi'n dal i ddeud,' meddai Ioan gan osod ei fŵg gwag ar y llawr wrth ochr y gwely, 'mod i isio galw bachgen yn Dylan.'

'Ac mi fydd raid i'r creadur ddiodda oes o gael Saeson yn camynganu'i enw fo.'

'Tydi hynny ddim yn rheswm i beidio â dewis yr enw 'dan ni isio. Mi fagith dipyn o gymeriad yn 'u cywiro nhw.'

'Gad iddo fo gyrraedd yn saff gynta. Ac ella mai Rhian fydd hi.'

'Ia, ella mai Rhian fydd hi,' meddai Ioan yn swrth mwya sydyn.

❦

Symudodd Anna y goes oedd mewn plastar yn araf ac afrosgo, a cheisio ymlacio'i chorff, fel roedd hi wedi ymlacio'r noson honno. Er na fyddai hynny byth yn bosib eto wrth gwrs. Ond y noson honno roedd pawb a phopeth, heblaw y di-enw yn ei chroth, yn dawel. Cysgodd Ioan, a gorweddodd hithau yno, yn ymwybodol o symudiadau'r plentyn ac o union siâp clust Ioan. Fyddai hi'n ei adnabod o o'i glust yn unig? Efallai, penderfynodd. Yn sicr fe fyddai'n ei adnabod o'i draed, traed syndod o lydan oedd fel arall yn eitha main; traed â chefn uchel a'r bys bawd yn... Byddai, fe fyddai'n ei adnabod o'i draed. Yna dechreuodd feddwl am sanau, a rhyw hanner meddwl beth fyddai ar Ioan ei angen i fynd efo fo i Baris drennydd. Doedd hon ddim yn daith hir, ac fe fyddai adref eto ymhell cyn i'r plentyn gael ei eni.

Roedd hi wedi gwrthod y cynnig i fynd efo fo. Gwrthod fyddai hi bron yn ddieithriad, beth bynnag. Byddai ganddi reswm digon dilys bob tro. Fe geisiodd esbonio rywbryd mai'r hyn oedd hi eisiau'i osgoi oedd dod yn ôl i Nant yr Aur yng nghwmni Ioan, ac wrth nesáu ddychmygu'r tŷ yn wag, heb yr un ohonyn nhw ynddo. Gwyddai nad oedd wedi llwyddo i esbonio'n iawn.

Wrth bacio'i gês y diwrnod wedyn rhoddodd nodiadau bach doniol, cariadus ym mhlygiadau ambell ddilledyn, ac un o gerrig llyfn yr afon ym mhoced côt ei siwt. Gwyddai ei fod yn gwthio'i ddwylo i'w bocedi wrth ddarlithio.

Roedd mis olaf ei beichiogrwydd, ar ôl i Ioan ddod yn ôl o'r trip hwnnw i Baris, yn ddarn o'i bywyd a oedd fel petai wedi'i fframio. Doedd dim o fewn y llun ond sgwaryn perffaith, cwbl berffaith, o'r lliw hyfryta'n bod. Ac weithiau, hyd yn oed heddiw, roedd hi'n gallu llithro'n ôl i'r sgwâr yna. Dim ond am eiliad, efallai, ond roedd o'n dal i fodoli yn rhywle.

Ac yna, yn sydyn, roedd pob math o liwiau yn y ffrâm. Ganwyd Dylan.

Pennod 3

Daeth cnoc ar y drws ac 'Oes 'ma bobl?' sydyn bora wedyn, cyn i Anna gael cyfle i ferwi tegell, hyd yn oed.

'Dau gant o lo. Reit wrth y drws i ti'n fanna. Ddylsat ti fod wedi deud dy fod ti'n dŵad adra ddoe.'

'Panad?'

'Well i mi beidio. Mi fydd Dora'n fy nisgwyl i 'nôl.'

Edrychodd Anna arno trwy'r ffenest yn cerdded yn ôl tuag at ei Landrover. Mae Emyr yn heneiddio, meddyliodd. Deg a thrigain ac yn gallu cario cant o lo yn ddidrafferth, ond mi roedd o'n heneiddio. Aeth at y drws ac edrych ar y ddwy sach, a gwenu wrth weld y pecyn *firelighters* ar ben un ohonynt. Roedd 'hel pricia' yn hen, hen jôc rhwng y ddau. Rhy hen a rhy gymhleth i'w hesbonio i neb, a bron iawn nad oedd hi ei hun, erbyn hyn, yn sicr o'i tharddiad. Ond pobl gwneud dryga oedd pobl hel pricia, a phobl ddiflas oedd pobl *firelighters*. A rŵan dyma'r ddau ohonyn nhw'n bobl *firelighters*.

'Dim ond dros dro,' meddai wrth gario'r pecyn i'r tŷ. 'Dim ond dros dro.' Roedd eu harogl anghyfarwydd yn glynu i'w dwylo, a phob tasg fechan yn cymryd cymaint, cymaint mwy o amser nag arfer. Dyfalbarhaodd nes bod y glo wedi cynnau, ychydig o'r coed tân a gariodd ddoe wedi'u gosod ar ei ben, yr ystafell wedi cynhesu, y menyn a'r marmalêd ar y tost, a'r coffi'n mwydo yn y pot coch ddaeth Ioan yn ôl iddi o Baris cyn geni Dylan. Roedd y gwydredd arno'n fyrdd o graciau mân, ond fel arall doedd o ddim gwaeth er iddo gael ei ddefnyddio bob dydd ers deng mlynedd ar hugain bron. Mi sgwennodd y llythyr wrth orffen ei hail baned. Doedd dim angen iddi feddwl llawer am y geiriad.

> *Annwyl Mr Williams,*
> *Diolch am eich llythyr, a'ch cynnig, sydd yn ymddangos yn un teg os nad hael. Yn anffodus, nid yw'n fwriad gen i werthu Nant yr Aur...*

Ystyriodd ymhelaethu. Llyncodd gegaid o'r coffi. Gosododd atalnod llawn yn ddestlus ar ddiwedd y llythyr.

> *Yn gywir,*
> *Anna Morris.*

Edrychodd ar ei llofnod. Roedd yn rhoi ryw sicrwydd iddi mai dyma fu ei henw trwy gydol ei hoes. Cofiodd y drafodaeth fu ynglyˆn ag ail enw Dylan. Ildiodd ar hynny hefyd, a chysuro'i hun nad oedd yn fater o bwys.

'Dylan Nant yr Aur fydd pawb yn ei alw fo beth bynnag, gei di weld.'

'Ddim os nad…'

Gadawodd Ioan y frawddeg ar ei hanner. Roedd o newydd ennill un frwydr.

Nid eu bod nhw'n ffraeo go iawn. Fyddai yna byth ffraeo rhwng y ddau. Troi'r foch arall, ildio, osgoi helynt… dyna oedd natur Anna. Os nad dyna'r natur oedd ganddi pan aned hi, dyna oedd ei natur erbyn diwedd ei phlentyndod. Yn fuan iawn ar ôl iddi hi a Ioan gyfarfod, ymhell cyn bod sôn am Dylan, cyn i Anna fynd i fyw i Nant yr Aur hyd yn oed, aethant allan am bryd o fwyd i dafarn leol. Y ddau'n rhyw din-droi, yn methu penderfynu pa fwrdd i eistedd wrtho, ac yntau'n gofyn, 'Wnei di fyth ddweud wrtha i be i'w wneud?'

'Na wna, mwy na thebyg.'

Edrychodd arni'n syn.

'Os bydd o'n rhywbeth pwysig, mi benderfyna i be dwi am wneud. Os wyt ti'n lwcus, mi wna i adael i ti wybod,' meddai hi wrtho.

Eisteddodd y ddau wrth y bwrdd agosaf, archebwyd bwyd, a dewisodd Ioan botel o win.

❧

Roedd hynny amser maith yn ôl. Rhoddodd Anna y llythyr at Siôn Williams mewn amlen, ei chau a rhoi stamp arni. Roedd un o amlenni gweigion y cardiau Brysiwch Wella ar y bwrdd, papur trwchus mewn rhyw liw piws golau hollol afiach. Fel plentyn dechreuodd sgwennu arni, gan lenwi pob darn gwag: Anna Morris, Nant yr Aur; Anna Morris, Nant yr Aur; Anna Morris, Nant yr Aur… Newid ei llawysgrifen, weithiau'n grwn a destlus, dro arall yn draed brain bras, ond cadw'r geiriad yr un fath, yn union yr un fath.

Mi sgwennodd y geiriau yna droeon yn ystod yr haf y bu Dylan yn sâl. Mae'n syndod faint o ffurflenni sydd ynghlwm â salwch; faint o weithiau y mae'n rhaid cadarnhau mai chi ydi chi, ac mai chi ydi mam Dylan Gwilym, ac mai Ioan Gwilym ydi tad Dylan Gwilym, ac mai dyma'r rhifau ffôn cywir, a'ch bod chi i gyd yn byw efo'ch gilydd yn Nant yr Aur. Gosod y manylion yn ddestlus ar linellau o ddotiau, neu'n gaeth o fewn blychau petryal, ac yna eu darllen eto ar y stribed plastig gwrthun a amgylchynai ei arddwrn bychan.

Cyn yr haf hwnnw bu'r tri ohonynt yn osgoi'r byd, yn chwarae tŷ bach am bron i ddwy flynedd. Roedd hi wedi rhoi'r gorau i'w gwaith, roedd Ioan yn ennill cyflog da ac roedd o'n hael, yn hollol fodlon eu cynnal. Weithiau, yn nes ymlaen, byddai'n amau hyn, ond o leiaf dyna sut oedd pethau'n ymddangos ar y pryd. Pan fyddai Dylan yn effro roedd ei byd hi'n troi o'i amgylch. Doedd dim byd yn galw y tu hwnt i 'Modryb y fawd, bys yr uwd...' A phan fyddai Dylan yn cysgu byddai'n brysur yn peintio'r gegin yn felyn golau ac yn gwneud llenni i'r llofft fach ac yn plannu ffa. A phan fyddai Ioan adref, fe fyddai'n ei garu yn y bylchau rhwng adrodd rhigymau a gosod silffoedd.

Ond yna, mwya sydyn, doedd yna ddim amser i chwynnu'r ffa na golchi ffenestri na thynnu paent oddi ar bren wedi'i beintio a pheintio pren oedd wedi bod yn noeth.

Fe gynigiodd Ioan, ryw noson ddi-sêr pan nad oedd pwrpas edrych trwy'r ffenest yn y to, y dylen nhw symud, gan fod yn rhaid gyrru mor bell i'r ysbyty.

''Mond dros dro. Rhentu rhywle'n nes at... Fel bod gen ti lai o waith teithio. Mae 'na lefydd bach del ar osod. Cael rhywle efo gardd, wrth gwrs...'

'Na.'

Cododd Anna i fynd i edrych ar Dylan yn y llofft fach. Ac yna aeth i lawr y grisiau gan gerdded yn hyderus yn y tywyllwch a'i dwylo'n mwytho'r waliau wrth fynd heibio. Daeth yn ei hôl yn cario dwy baned, fe yfodd y ddau eu paneidiau heb ddweud gair ac yna caru'n annwyl heb na sgriffio na chwerthin. Ac fe griodd Anna ar ôl iddi ddod, dagrau mawr blêr, ond wnaeth Ioan ddim holi – dim ond gafael ynddi ac yna codi'i grys oddi ar y llawr wrth ochr y gwely i sychu'i hwyneb a gadael iddi ei ddefnyddio i chwythu'i thrwyn. Crys cotwm trwm da, un glas golau â rhesi main, main o las tywyllach trwyddo a'r mymryn lleiaf o arogl chwys arno, ond dim baw gwerth sôn amdano.

Ac yna aeth Ioan i Lundain am wythnos, a phan ddaeth adref ni fu unrhyw garu. Roedd Anna yn yr ysbyty efo Dylan, ac yn cysgu ar gadair wrth erchwyn ei wely. Fisoedd yn ddiweddarach y sylweddolodd nad oedd wedi gofyn i Ioan lle'r oedd o'n cysgu pan oedd o'n gadael yr ysbyty gyda'r nos, ond mae'n rhaid ei fod wedi aros yn rhywle wrth ymyl. Pan ddychwelodd y tri ohonynt i Nant yr Aur ymhen ychydig ddyddiau, roedd y tŷ yn union fel y gadawodd hi o. A chan fod Dylan yn chwarae efo'i hen deganau ac yn anwybyddu'r plastig newydd drud a brynwyd ar y ffordd adref, bron y gallai gredu nad oedd y pedwar diwrnod cynt wedi digwydd o gwbl. Aeth Ioan ati i baratoi bwyd, a thorri'i fys wrth sleisio'r cig. Pan aeth yn ei ôl i'r ystafell fyw i'w holi hi a oedd yna blastars yn y tŷ, roedd Anna'n cysgu'n sownd yn y gadair ger y ffenest.

Deffrodd ddwyawr yn ddiweddarach – roedd blanced drosti, Dylan yn ei wely, tanllwyth o dân ar yr aelwyd a Ioan yn eistedd yn darllen. Heb symud, edrychodd Anna o amgylch yr ystafell yn ofalus. Roedd yn anodd credu bod pob ffenest a phob dodrefnyn a phob drws yn dal yn yr un lle yn union â'r wythnos cynt.

Pennod 4

FE AILYMDDANGOSODD Emyr rywbryd ganol pnawn. Llefrith, torth, caws, tri thomato. Gosododd hwy'n ddiseremoni ar y bwrdd.

'Gymera i'r banad 'na rŵan,' meddai. Estynnodd Anna am ei baglau.

'Stedda, ddynas. Mi a' i i'w gneud hi.'

Ac fe eisteddodd y ddau'n ddistaw wrth fwrdd y gegin yn gwylio'r glaw oedd yn prysur glirio gweddillion yr eira.

'Faint sy arna i iti am rheina?'

'Gei di dalu i mi rywbryd eto. Mi ro i nhw ar y bil.'

'Mae hwnnw'n ddarn hir iawn o bapur erbyn rŵan, Emyr.'

'Fatha blydi toilet rôl. Mi fydd raid i ti werthu'r hofal 'ma i fedru fforddio 'nhalu fi.'

Emyr, mae'n debyg, oedd yr unig un yn y byd a allai ddweud hynna a chael dim byd ond gwên gan Anna.

'Sôn am hynna, wnei di bostio hwn i mi ar dy ffordd adra?'

Wrth iddo wthio'r llythyr i'w boced cafodd gip ar yr enw ar yr amlen. Diolchodd fod Anna â'i chefn ato, yn rhoi'r caws a'r llefrith i gadw. Ac eto, roedd o'n enw ddigon cyffredin – siŵr fod yna ddegau, os nad cannoedd, o ddynion o'r enw Siôn Williams yn y byd.

Ond wrth ffarwelio, cusanodd Emyr hi'n ysgafn ar ei boch, rhywbeth nad oedd wedi'i neud ers amser maith.

'Bron i mi anghofio. Dora'n gofyn os basat ti'n lecio dod i gael swper ryw noson.'

'Diolch, ond...'

'Dwi wedi gofyn on'd do?'

A'r ddau'n gwenu ar ei gilydd.

Safodd Anna wrth y drws yn ei wylio'n cerdded at y Landrover. 'Emyr,' gwaeddodd, 'diolch am y *firelighters*.'

Wnaeth o ddim hyd yn oed troi'i ben, dim ond codi'i law i gydnabod. A hithau'n aros wrth y drws yn gwylio'r Landrover yn diflannu.

Fedrai hi mo'i weld yn stopio wrth y blwch post yn y wal ar gyrion y pentref, ond roedd hi'n sicr y byddai'n gwneud. Roedd hi'n medru dibynnu ar Emyr. Ac wrth gwrs fe stopiodd Emyr i bostio'i llythyr, er iddo edrych am amser hir ar yr enw a'r cyfeiriad ar yr amlen cyn ei wthio trwy'r twll i'r tywyllwch.

Ni chredai Anna fod Emyr wedi gyrru unrhyw beth heblaw Landrover las ers degawdau. Cyfres ohonynt, fel pe baen nhw'n magu, a'r hen rai'n cael eu gadael yng nghornel rhyw gae i rydu. Neu o leia dyna oedd yn digwydd pan oedd o yn Nhy'n Giât.

Y cerbyd diweddaraf yn unig oedd wedi'i barcio y tu allan i'r byngalo bach twt yn y pentref lle'r oedd o a Dora bellach yn eistedd o flaen eu tân nwy bob gyda'r nos. Mae'n siŵr y byddai hon, ar ddiwedd ei hoes, yn dilyn y lleill i Dy'n Giât, a'r hogia'n ei defnyddio fel cwt ci ar adegau.

Roedd y Landrover las i'w gweld yn aml yn Nant yr Aur yn ystod yr haf pan oedd Dylan yn wael. Roedd Emyr wedi mynd yn ddiarth braidd ers i'r plant gyrraedd, ond yna fe ddechreuodd alw eto. Er mai galw pan oedd Ioan gartref oedd o bron yn ddieithriad yn ystod y misoedd hynny.

'Dwi'n mynd i sgota efo Emyr,' cyhoeddai Ioan.

'Mae Emyr a fi'n mynd am beint.'

'Mae Emyr wedi gofyn i mi 'i helpu fo i symud y 'sbinod.'

Roedd Anna'n amau'n fawr a wyddai Ioan be oedd hesbin. Roedd hi'n amau a oedd ar Emyr angen help. Ond mae'n siŵr ei fod yn gwneud lles i Ioan fynd allan o'r tŷ, yn ddigon pell oddi wrth y silff o boteli ffisig yn y gegin, a'r plentyn oedd yn ymddangos yn deneuach bob dydd, a'r wraig nad oedd wedi cael amser i olchi'i gwallt.

Mi welodd hi Dora yn y dref un pnawn yr haf hwnnw. Roedd Dylan yn ôl yn yr ysbyty, ond roedd o wedi llwyddo i gysgu am ychydig a'r nyrsys wedi'i pherswadio hi i fynd allan am unwaith. Gwrthod wnaeth hi nes i un ohonyn nhw – doedd hi ddim yn cofio'i henw bellach, honno efo gwallt coch cwta – ofyn a fyddai hi'n fodlon prynu masgara iddi os oedd hi'n mynd lawr i'r dre, i arbed iddi orfod mynd ar ddiwedd ei shifft. Fe sgwennodd y manylion ar ddarn o bapur, ac esbonio pa siop. Dyna'r unig beth roedd Anna'n bwriadu ei wneud – doedd ganddi ddim mynadd gwneud dim byd arall.

Ond fe ddigwyddodd weld Dora. Honno wedi gadael ei merch, a oedd ddeufis yn iau na Dylan, efo'i mam, ac roedd hi'n amlwg wedi bod yn siopa fel peth gwirion ac ar ei ffordd i gael panad cyn mynd adra.

'Ty'd, neith o les iti.'

Ac fe ddilynodd Anna hi'n llywaeth gan edrych ar sgidiau coch Dora a rhyfeddu sut y gallai neb dreulio diwrnod cyfa'n cerdded siopau yn gwisgo'r ffasiwn bethau.

'Mae Emyr yn galw acw'n amal y dyddia yma, tydi. Gyrrwch o adra os ydi o'n niwsans dan draed, â'r hogyn bach yn sâl.'

'Yndi, mae o'n galw, ond prin dwi'n 'i weld o. Mae o a Ioan yn diflannu...'

Edrychodd Anna ar y bowlen siwgwr ar y bwrdd ac ystyried rhoi peth ohono yn ei choffi, er nad oedd hi byth yn gwneud fel arfer. Rhoddodd y mymryn lleiaf ar flaen ei llwy, yna gadael iddo ddisgyn i'r hylif lliw mwd a'i droi am yn hirach nag oedd raid.

'Dynion! Maen nhw i gyd 'run fath, pob un ohonyn nhw. Dynion clyfar fel Ioan chdi, a rhai'r un fath ag Emyr.'

Gwelodd Dora yr olwg ar wyneb Anna a chywiro'i hun ychydig.

'Nid bod Emyr yn dwp. Mae o'n darllan lot, ond a'th o ddim i goleg, naddo. Ond maen nhw 'run fath, pob un ohonyn nhw, dan draed a byth o gwmpas pan ti isio nhw.'

Ac yna, bron fel sgwrs plentyn, gadawodd y trywydd hwnnw a chynnal monolog ddifalais am bob sgandal a hanner sgandal a sgandal posib yn y cwm a'r pentref. Prin y dywedodd Anna air; teimlai y gallai fod wedi sefyll ar ei phen ar y gadair blastig felen heb i Dora sylwi, ac eto pan adawodd y ddwy ohonynt y caffi a ffarwelio â'i gilydd, roedd Anna'n teimlo'n llawer gwell.

Aeth i brynu'r masgara, ac yn ffenest y siop drws nesa gwelodd gylch o wydr lliw, ei siapiau syml yn creu llun, amlinell o fynydd piws a machlud oren. Aeth i mewn a'i brynu ac wrth gerdded yn bwyllog i fyny'r allt i'r ysbyty uwchlaw'r dref cadwodd ei llaw yn ei phoced gan fyseddu'r gwydr bregus oedd wedi'i lapio'n annigonol mewn papur sidan. Gallai ei weld yn crogi yn ffenest cegin Nant yr Aur, a haul y bore'n tywynnu trwy'r machlud.

Pan gerddodd Anna i mewn i'r ward, roedd Dylan yn effro ac yn chwarae'n dawel efo car bach glas, fel plentyn mewn ffilm. Roedd meddyg yn eistedd ar erchwyn ei wely, yn edrych ar bapurau mewn ffeil. Cododd ei ben pan gerddodd Anna i mewn, a gwenu arni efo'i geg yn unig.

'Ydi'ch gŵr efo chi, Mrs Morris?'

'Mae o ar ei ffordd adref o Ffrainc. Fydd o ddim yma tan fory.'

Sylwodd fod y meddyg yn petruso, yn ystyried, yn esgus edrych eto ar y papurau yn y ffeil.

'Waeth i chi ddeud wrtha i rŵan ddim.'

Difarodd ddweud y frawddeg yna. Difarodd yr eiliad y cododd y meddyg ar ei draed a'i harwain, gerfydd ei phenelin, i lawr y coridor at ddwy gadair esmwyth. Ond roedd hi'n rhy hwyr erbyn hynny a dechreuodd y meddyg ddarllen y geiriau a'r ffigurau ar ei blydi papurau, a chynnig esboniad, a chynnig yr amcangyfrif gorau y gallai. Cynigiodd ymddiheuriad hefyd. Difarodd hithau iddi gredu ei bod ddigon cryf i dderbyn newyddion fel hyn ar ei phen ei hun. Fe roddai'r byd, mwyaf sydyn, am gael un noson o chwarae efo'r car bach glas mewn anwybodaeth. Ac fe roddai'r byd am gael Ioan yma, yn gafael amdani. Ond roedd hwnnw ar long rywle rhwng Calais a Lloegr.

Rywbryd yn y nos, tua thri o'r gloch y bore, a Dylan yn effro ac wedi diflasu ar y car glas a phob tegan arall a phob stori, tynnodd Anna y cylch gwydr o'i bapur sidan a'i ddangos iddo. Daliodd ef yn erbyn y golau bach oedd uwchben ei wely fo'r llwydni yna. Ond does neb yn gwybod be sy'n digwydd yn nhywyllwch ffrij ganol nos. Hyd yn oed os dowch chi i lawr y grisiau'n ddistaw ac yn droednoeth ac agor y drws yn sydyn a chreu'r golau.

Rhywbeth tebyg oedd salwch Dylan. Un munud roedd o'n blentyn a dderbyniai gardiau pen-blwydd, a'r munud nesaf roedd yn derbyn cardiau cydymdeimlo. Ond nid fo oedd yn eu derbyn, wrth gwrs. Enwau Ioan ac Anna oedd ar yr amlenni. Doedd hi ddim yn deall pam ei bod wedi'u cadw nhw yn y bocs cardiau pen-blwydd.

'Llosga nhw,' meddai Ioan.

'Na wna. Dylan pia nhw.'

Hyd yn oed bryd hynny roedd hi'n gwybod nad oedd yr ateb yn gwneud synnwyr. Ond roedd synnwyr wedi mynd yn beth dieithr. Does yna ddim synnwyr yn y ffaith fod plentyn teirblwydd yn marw, a doedd mymryn bach mwy o ddiffyg synnwyr ddim yn gwneud llawer o wahaniaeth un ffordd neu'r llall.

'Na wna,' meddai hi eto, 'Dylan pia nhw, ac maen nhw'n mynd i'w focs cardia fo.'

A dyna lle'r oeddan nhw hyd heddiw, yn ei rhwystro rhag edrych ar y cardiau pen-blwydd oddi tanynt.

Ond roedd hi isio cael gwared ar ei ddillad. Fe fyddai hi wedi eu gwthio'n ddiseremoni i fagiau bin du y diwrnod ar ôl y cynhebrwng, heblaw bod Ioan wedi ei rhwystro.

'Gad nhw. Ddim rŵan. Rhag ofn…'

'Rhag ofn be?'

'Rhag ofn iddo fo weld,' meddai hwnnw'n ddistaw bach, bach.

a gadael i'r lliwiau ddisgyn ar ei gwrlid. Esboniodd ei bod am ei osod yn Nant yr Aur yn y ffenest lle roedd hi'n golchi llestri ac yntau'n golchi'i anifeiliaid plastig. Dywedodd wrtho y byddai golau'r haul yn tywynnu trwy'r gwydr ac y byddai'r patrwm lliw i'w weld ar lawr y gegin.

Symudodd y cylch nes bod y lliwiau'n symud yn ôl a blaen ar hyd ei wely.

'Fydd o'n symud pan awn ni adra, Mam?'

'I lle wyt ti isio fo symud?'

'At y bwrdd lle dwi'n byta cinio.'

Symudodd Anna'r golau lliw fymryn i'r dde ar hyd y cwrlid. 'Dyna fo. Lle nesa?' gofynnodd Anna

'Y stepan gam…Llofft Mam a Dad.'

'A wedyn? Lle mae'r gola isio mynd wedyn, Dylan?'

'Mae'r gola isio pi-pi…'

'Ia?'

'Mae'r gola isio mynd i lofft Dylan.''

A dyna oedd y ddau'n wneud pan gerddodd Ioan i mewn i'r ward: tywys golau lliw o amgylch Nant yr Aur. Cusanodd Ioan hi, a'r blewiach diwrnod ar ei ên yn ei chrafu.

'Pryd gawn ni wybod?'

Ac yntau'n sylweddoli ei gamgymeriad yn syth. Gafaelodd hithau yn y cylch gwydr lliw a'i lapio'n ôl yn y papur sidan. Cododd y cwrlid dros y bychan, oedd wedi rhoi ei ben ar ei obennydd a'i law yn llaw ei dad. Diffoddodd Ioan y golau uwchben y gwely, ac yna roedd yn rhaid mynd i'r ystafell ffug gyfforddus ym mhen draw'r ward i yfed te a siarad.

Pennod 5

ROEDD y ffaith fod ei choes mewn plastar, a hithau'n dibynnu ar ffyn baglau, yn golygu na allai Anna wneud pethau sylfaenol fel hwfro a sgubo'r llawr, ond daeth ryw ysfa llnau ryfedda drosti ychydig ddyddiau ar ôl iddi ddod adra o'r ysbyty. Bu'n rhaid iddi fodloni ar greu ynysoedd bychain o lendid a sglein trwy gwyro'r dodrefn. Defnyddiodd gwyr go iawn, un hen ffasiwn mewn tun crwn, gan ddefnyddio un cadach i'w daenu a chadach arall i'w rwbio nes bod y dodrefn yn sgleinio, ac arogl lafant o ryw oes a fu yn llenwi'r tŷ. Neu, a bod yn fanwl gywir, fe lwyddodd i drin rhannau o'r dodrefn, ond roedd yr arogl yn ei phlesio ac roedd wyneb y bwrdd derw'n disgleirio. Ceisiodd feddwl a oedd yna air Cymraeg am *patina*, y sglein dwfn yna nad oes modd ei greu dros nos, y sglein sy'n brawf fod yna genedlaethau wedi caru'r dodrefnyn, a'i ddefnyddio'n gyson.

Doedd hi ddim wedi codi ail leff y bwrdd ers blynyddoedd. O'i agor yn llawn gallai wyth person eistedd o'i amgylch yn hawdd, ond prin fu'r achlysuron hynny. Hanner bwrdd yn erbyn wal fuo fo ers blynyddoedd bellach. Diwrnod da oedd diwrnod prynu'r bwrdd – y diwrnod ar ôl iddi gytuno i ddod i fyw at Ioan, cyn iddi hyd yn oed bacio'i heiddo a gadael y tŷ rhent lle roedd hi'n byw ar y pryd. Cynnwys tŷ ffarm sylweddol llawr gwlad oedd yn cael ei werthu a'r ddau ohonynt yn cerdded law yn llaw trwy'r awyrgylch llawn cynnwrf a thristwch sy'n nodweddiadol o ocsiwn. Er mai wedi mynd yno i chwilio am silffoedd llyfrau roedd Ioan, daethant oddi yno efo bocs o lestri, a'r bwrdd, lot rhif 240, efo'r bwriad o gynnal prydau gwâr i ffrindiau a theulu. Y gwir oedd mai dim ond rhyw hanner dwsin

o weithiau y gwahoddwyd ffrindiau draw i fwyta o amgylch y bwrdd mawr derw, ac nad oedd yna deulu i'w gwahodd heblaw brawd Ioan, oedd yn byw ym mhellafoedd yr Alban.

Ddwywaith yn unig ddaeth hwnnw i Nant yr Aur. Unwaith gyda'i gariad cyn i Dylan gael ei eni, ac yna'r eildro ar ei ben ei hun. Weithiau roedd Anna'n difaru iddi golli cysylltiad efo Huw. Roedd ganddi ddarlun clir yn ei phen o ddyn addfwyn yn cerdded i fyny'r ffordd, ei fraich ar ysgwydd ei gariad, ac Anna'n cyflwyno'r ddau i Emyr.

'Huw, brawd Ioan, a John.'

Ac Emyr yn gwenu a'u cyfarch, 'Sut 'dach chi'ch dau?'

Hithau'n esbonio mai mab ffarm o'r Alban oedd John, ac ymhen dim roedd y ddau'n trafod hyrddod a gwartheg sugno a Huw a hitha ar goll yn llwyr.

Roedd yr anrhegion a ddeuai o'r Alban i Dylan ar ei ben-blwydd a Dolig yn werth eu gweld. Teganau drud na fyddai rhiant fyth yn eu prynu, a'r rheini wedi'u lapio mewn papur lliwgar a rubanau a sêr gloyw; efo pob anrheg roedd 'na gerdyn afresymol o fawr, a chwbl ddi-chwaeth. Gwyddai Anna fod cardiau'n dal i orwedd yn un o'r cypyrddau yn y llofft. Roedd holl gardiau pen-blwydd Dylan yno mewn bocs. A'r cardiau cydymdeimlo hefyd. Roedd y rheini'n gorwedd ar ben y cardiau pen-blwydd, fel llwydni ar fefus. Un diwrnod 'dach chi'n meddwl eu bod nhw'n iawn, a'r diwrnod wedyn 'dach chi'n edrych yn yr oergell a tydyn nhw ddim gwerth eu bwyta. A chithau'n difaru na fysach chi wedi rhoi lot o siwgr a hufen arnyn nhw'r diwrnod cynt a'u byta i gyd nes eich bod yn teimlo'n swp sâl.

Mae'n rhaid bod yna bwynt, rywbryd yng nghanol nos, nad oes llwydni arnyn nhw, a phwynt arall yn syth wedyn

Fe adawodd y dillad am y tro a'u clirio, fisoedd lawer yn ddiweddarach, pan nad oedd Ioan yno. Fe daflodd bob dilledyn, heblaw am un hosan fechan oedd wedi disgyn y tu ôl i'r tanc yn y cwpwrdd crasu. Flynyddoedd yn ddiweddarach y cafodd hi hyd i honno, a methu'n lân â'i thaflu. Gosododd hi yn ei drôr sana ei hun, a fanno oedd hi byth, yn fach a glas, a theigar dewr yn sgyrnygu arni. Neu'n gwenu arni efallai.

Roedd yna deigar yn y sw pan aeth hi a Ioan a Dylan yno, teulu bach newydd hapus, yn crwydro o amgylch sw sâl. Anghofiai hi fyth y teigar yna. Roedd yn cerdded 'nôl a 'mlaen fel mae teigrod caeth, pob cythral a phob gobaith wedi'i hen adael. Roedd Dylan tua blwydd oed ar y pryd, ac yn cael reid ar ei chefn. Chwifiodd y bychan ei freichiau, ac am eiliad neu ddwy newidiodd y teigar. Fe welodd hwnnw rywbeth bach, rhywbeth nad oedd yn symud fel y lleill, rhywbeth y byddai modd iddo gymryd mantais o'i wendid a'i ddal. Daeth iddo ryw atgof pell o wneud rhywbeth gwell na hyn unwaith, yn rhywle, ers talwm. Hyd yn oed a'r bariau a'r gwydr rhyngddynt, gallai Anna weld mai Dylan fyddai ei bryd nesaf. Ac yna fe welodd Anna'r gath fawr yn cofio lle'r oedd o, ei wyneb a'i holl gorff yn newid ac yntau'n ailgydio yn ei gerdded dibwrpas.

Ar y pryd, roedd Ioan yn gogor droi efo'r estrys, ac fe geisiodd Anna esbonio iddo be oedd wedi digwydd.

'Mae'n iawn, 'sti. Fedrith o neud dim byd i chdi na dy fabi.'

A hitha wedyn yn mynnu llusgo'r tad a'r mab ar frys i brynu hufen iâ, fel petai hwnnw'r peth pwysicaf yn y byd, yn hytrach nag esbonio nad poeni am Dylan nac amdani hi ei hun yr oedd hi.

Stwff oer, gwyn a phinc, melys, llawn blas ffug. A Dylan yn ei flasu am y tro cyntaf yn ei fywyd ac yn tynnu wynebau doniol.

'Brysia. Camera. Tynna lun!'

A'r tri ohonynt yn chwerthin a phawb yn deall ei gilydd.

❧

Rhoddodd Anna gaead ar y tun cwyr ac eistedd ar un o'r cadeiriau caled. Roedd wedi blino mwya sydyn, a theimlai'r gwaed yn llifo i'w choes glaf fel plwm. Difarai ei bod wedi defnyddio'i hegni i wneud y ffasiwn beth dianghenraid. Fe fyddai chwistrell o rwbath, a rhwbiad sydyn, wedi gwneud y tro'n iawn. Neu hyd yn oed ei adael. Laddodd chydig o lwch neb erioed. Dechreuodd greu rhestr yn ei phen o'r pethau a allai ladd pobl, eu lladd yn gynt na llwch ar ddodrefn – diffyg bwyd, hiraeth, daeargrynfeydd, bwyell yn llaw gwallgofddyn . . .

'Anna,' meddai hi'n uchel, 'mae angen i ti sgwrsio mwy efo pobl.'

Ond pan ganodd y ffôn yr ochr arall i'r ystafell fe arhosodd yn ei chadair, canolbwyntio ar blygu'r ddau gadach yn ofalus, a'u gosod ar ben y tun cwyr. Erbyn iddi wneud hynny roedd y ffôn yn ddistaw.

Pennod 6

Y NOSON honno fe fwytaodd Anna ei swper wrth y bwrdd derw a'i sglein, yn hytrach nag wrth y bwrdd pîn bychan yn y gegin. Tywalltodd wydraid o win iddi'i hun, a chynnau cannwyll gan fwynhau gwylio golau'r fflam yn cael ei adlewyrchu ar wyneb y bwrdd. Roedd hi wedi dysgu dros y blynyddoedd – ymhell cyn cyfarfod Ioan a dweud y gwir – mai un o gyfrinachau byw yn hapus ar eich pen eich hun oedd gwneud y mân bethau hyn. Ailddysgu wnaeth hi wedyn yn nes ymlaen. Ailddysgu'r ffaith bod potel o win, waeth pa mor rad, bath llawn trochion, llyfr clawr caled, a thynnu'r ffôn oddi ar y bachyn am ddwyawr, yn bethau angenrheidiol. A bod byw ar gawl lentils er mwyn gallu fforddio'r pytiau hyn o foethusrwydd, yn bris oedd yn werth ei dalu.

Ac yna daeth Ioan, ac yn ei sgil daeth arian a chariad a thŷ. Ynys hud mewn môr o gawl lentils. Ond dim ond wrth edrych yn ôl yr oedd yn sylweddolodd mai ynys oedd hi.

Bwytaodd yn bwyllog, sipian y gwin, a syllu ar fflam y gannwyll oedd yn moesymgrymu ychydig tuag ati mewn drafft a ddeuai o'r ffenest. Ystyriodd y dylai gau'r llenni. Nid i rwystro unrhyw un rhag edrych i mewn i'r tŷ – doedd neb yna. Ac os oedd rhywun yna fe fyddai'n rhywun y byddai'n ei adnabod. Yr unig reswm dros gau'r llenni oedd i gadw gwres yn yr ystafell a rhwystro drafftiau. Cododd ac ymestyn i dynnu'r ddau ddarn o felfed glas tywyll at ei gilydd. Oedodd am funud a syllu i'r tywyllwch. Am eiliad meddyliodd iddi weld fflach o olau i lawr ochr bella'r nant, ond dim ond am eiliad. Ac er iddi ddal ati i rythu trwy'r ffenest am funudau lawer welodd hi ddim byd wedyn. Edrychodd yn gyhuddgar ar fflam y gannwyll a'r botel win, fel petai hi'n amau eu bod nhw'n chwarae tric arni. Tynnodd y llenni ynghau, rhoi ychydig o lo Emyr ar y tân a mynd yn ôl at ei phryd bwyd.

Ar ôl gorffen bwyta, cododd a mynd â'r llestri budron fesul un i'r cefn a'u rhoi yn y sinc. Tywalltodd ychydig o ddŵr drostynt rhag i'r bwyd galedu, ond doedd ganddi ddim mynadd gwneud mwy na hynny. Allai hi byth wneud hyn heb glywed llais Dewi Pws yn ei phen, yn canu 'rhoi dŵr uwchben y llestri' cyn 'mynd 'nôl i Flaenau Ffestiniog... dala'r trên cyntaf mas o'r dre...' I fama, i Nant yr Aur, y daeth hi'n ôl wedi iddi hi fynd i'r ddinas fawr. A fuodd hi ddim yn fanno'n hir. Rhyw chwilan fu hynny, ysfa i wneud rhywbeth yn hytrach na gwneud dim byd, rhyw obaith y byddai prysurdeb yn llenwi'r gwacter. Ond ar ôl ychydig fisoedd yno, daeth yn ôl adref. Yma, ar ei phen ei hun, oedd yr unig le y gallai alaru. Ac fe ddylai fod wedi gwybod hynny.

A Nant yr Aur oedd yr unig fan lle na allai Ioan ddygymod â'i golled.

'Fedra i ddim aros yma 'sti. Ty'd efo fi.'

Ac fe aeth hithau am chydig.

'Mae'n rhaid i mi fynd adra 'sti. Ty'd efo fi.'

Ac mi ddaeth yntau am ychydig. Ac am flwyddyn, dwy flynadd efallai, bu'r pendilio yma. A'r bylchau cyn i un ddilyn y llall yn mynd yn hirach bob tro. Mae'n siŵr fod yna drafodaeth wedi'i chynnal. Roedd yn anodd cofio erbyn hyn. Roedd hi'n amau na ddaethant i benderfyniad erioed, na fu i'r un ohonynt ddweud y frawddeg, 'Ti'n gwbod be 'sa'n syniad da – bod yr un sy isio bod yn y fflat yn aros yn y fflat, a'r un sy isio aros yn Nant yr Aur yn aros yn Nant yr Aur.' Roedd hi'n gwbl sicr na ddywedwyd y frawddeg yna. Fwy nag y dywedwyd,

'Wela i mohonot ti am chwe mis rŵan, ond mi ffonia i fore Dolig.'

'Waeth i ni heb â gyrru llythyr arall.'

'Dwi'n bwriadu mudo, dyma fy nghyfeiriad newydd.'

Ni ddywedwyd yr un o'r pethau hyn. Dyna sut y crëwyd sefyllfa lle na wyddai Anna a oedd yr unig ddyn a garodd erioed yn fyw neu'n farw. Mae'n rhaid ei fod yn fyw bymtheg mlynedd yn ôl. Roedd Anna wedi bod yn aros yn Ne Ffrainc efo ffrind am dri mis dros yr haf, mewn un ymgais olaf i'w diddyfnu ei hun o'r lle, ond er iddi fwynhau haul a gwin a chwmni, dod yn ei hôl wnaeth hi. Pan agorodd y drws gallai weld bod rhywun wedi bod yn Nant yr Aur. Emyr oedd yr unig un y gallai ei holi, ac roedd yn well ganddi ofyn i Emyr na gadael i rywun arall ddweud wrthi.

'Ia, Ioan. Ddim am yn hir.'

Ofynnodd hi ddim byd arall ond wrth iddo fynd i mewn i'w Landrover trodd Emyr ati.

'Roedd o'n edrych yn dda,' meddai.

Rhyw ddeufis ar ôl hynny, ar ddiwrnod poenus o gyffredin, daeth y postmon â llythyr twrna yn ei hysbysu mai hi bellach oedd berchen Nant yr Aur – hi a hi yn unig. Aeth i holi'r twrna, dyn ifanc oedd yn prysur heneiddio er mwyn gweddu i'w swyddfa lychlyd, ac fe sicrhaodd hwnnw hi nad wedi etifeddu Nant yr Aur yr oedd hi. Roedd y tŷ wedi cael ei drosglwyddo iddi, ond na allai ddatgelu mwy na hynny.

'Oedd 'na lythyr i mi? Unrhyw beth?'

Ysgydwodd y dyn hen ifanc ei ben, gwenu, a chodi ar ei draed i awgrymu ei bod yn bryd iddi hi adael y swyddfa. Darllenodd Anna bob gair o'r gweithredoedd y noson honno, darllen enwau y rhai fu'n byw yn Nant yr Aur o'i blaen. Darllenodd hwy ddwywaith dair o flaen y tân, ac ymladd rhyw ysfa orffwyll i'w gollwng i fyny'r simdde bob yn ddalen fel llythyrau Siôn Corn. Yn fuan wedyn y prynodd y stôf goed.

Bob yn hyn a hyn yn ystod y blynyddoedd cyntaf hynny, fe fyddai'n darllen y gweithredoedd pob gair ohonynt, o'r dechrau hyd at lofnod Anna Morris ar y darn olaf o femrwn. Doedd hi heb edrych arnynt ers blynyddoedd bellach, a dim ond weithiau y byddai'n ymwybodol o bresenoldeb y llinach llofnodion a brofai rywbeth neu'i gilydd.

Emyr oedd yr unig un a gafodd wybod am ymddangosiad anesboniadwy'r gweithredoedd. Gadawodd i bawb arall feddwl beth a fynnent. Cofiai Dora'n gofyn a fyddai'n rhaid gwerthu, ac Anna'n gwneud dim mwy na chodi'i hysgwyddau'n fud. Roedd hyd yn oed Dora'n sylweddoli weithiau ei bod wedi mynd yn rhy bell.

Ond bu'n sgwrsio efo Emyr am y peth. Neu efallai mai dim ond eistedd yno'n gwrando wnaeth Emyr. Profiad felly oedd sgwrsio efo Emyr yn aml. Ond dyna pam y gwyddai Emyr y gallai hi werthu'r lle pe bai hi wirioneddol angen arian i brynu tomatos a *firelighters*.

Gwenodd Anna wrth feddwl am y *firelighters*. Cododd a rhoi coedyn arall ar y tân cyn symud yn drafferthus at y drws a gwthio'r bollt i'w le. Roedd yn stiff o ddiffyg defnydd, a'r gwichian anghyfarwydd yn rhoi rhyw ias o gysur i Anna heno.

Pennod 7

ROEDD Anna'n dod yn fwy deheuig wrth drin y baglau erbyn hyn. Gallau wneud mwy, ac roedd hi wedi dysgu be oedd yn hollol amhosib. Roedd yn debyg i'r profiad o fod ar wyliau. Gorfodwyd hi i symleiddio'i bywyd a chael pleser o wneud pethau bychain. Darllenai'n amlach o lawer – a dewis y math o gyfrolau na fyddai'n eu darllen fel arfer. Roedd hi wedi digwydd sôn wrth Emyr un bore nad oedd ganddi unrhyw beth difyr i'w ddarllen. Y bore wedyn roedd o yno gyda hanner dwsin o lyfrau. O edrych arnynt, roedd Anna'n sicr ei fod wedi cydio ar hap yn y chwe llyfr cyntaf iddo ddod ar eu traws yn ei dŷ.

Dros baned o goffi bu'r ddau'n trafod y dull o enwi corwyntoedd a'r ffaith nad oedd enw corwynt dinistriol iawn byth yn cael ei ddefnyddio'r eildro. Ychydig ddyddiau'n ddiweddarach roedd Ellis Wynne yn cadw cwmni iddynt. Ni allai Anna gofio'r tro diwethaf iddi hi ac Emyr gael sgwrs am lyfrau fel hyn, ac eto roeddent wedi cael sawl un yn ystod y blynyddoedd. Ac yna gadawyd Stryd Pleser ac aeth Emyr â'r lludw allan iddi, llenwi'r bwced lo, gosod pentwr o goed yn ddestlus ger y stôf a mynd allan at y Landrover, gan anwybyddu'i diolch.

Y pnawn hwnnw aeth Anna i eistedd ar y fainc ger y drws. Dim ond eistedd yno, heb lyfr, heb baned, heb ddim. Dim ond eistedd yno'n mwynhau'r haul. Roedd cigfran yn hedfan yn uchel uwch ei phen, ond doedd dim byd arall yn symud. Daeth cerddwr mewn cot goch i'r golwg, a gwyliodd Anna ef yn dod yn nes gan genfigennu ato. Tyngodd y byddai'n cerdded yn amlach o lawer unwaith y byddai'r plastar wedi'i dynnu a'i chyhyrau'n cryfhau.

'Cerdded tra medra i,' meddai'n uchel wrth gerddwr a chigfran, a'r ddau ohonynt yn rhy bell i'w chlywed.

Gwyliodd y cerddwr yn agosáu, gan ddisgwyl iddo lynu at y llwybr a fyddai'n ei arwain heibio cefn y tŷ. Ond yn hytrach na gwneud hynny dilynodd y nant a dod yn syth ar draws y cae tuag at Nant yr Aur. Disgwyliai iddo ymddiheuro ei fod wedi colli'i ffordd, neu gerdded heibio a'i hanwybyddu fel petai pob darn o gefn gwlad yn eiddo iddo. Roedd hynny wedi digwydd cyn heddiw.

'Anna Morris?'

Edrychodd Anna yn ofalus ar y dyn ifanc. Am eiliad, credai efallai y dylai fod yn ei adnabod.

'Mae'n ddrwg gen, ond y chi ydi Anna Morris?'

Sylweddolodd Anna nad oedd hi wedi ei ateb y tro cyntaf. 'Ia.'

'Siôn Williams.' Estynnodd y dieithryn ei law mewn ffordd oedd ychydig yn rhy ffurfiol i rywun o'i oed. 'Dach chi ddim yn fy nabod i a dweud y gwir. Maddeuwch i mi, yn cyrraedd yn ddirybudd fel hyn. Ond roedd hi'n bnawn braf ac mi oedd gen i awydd mynd am dro. Cyfle i mi weld rhywbeth heblaw strydoedd a thai.'

Petrusodd am eiliad wrth iddo sylweddoli nad oedd ei enw wedi canu cloch efo Anna. 'Fi sgwennodd atoch chi,' meddai.

Daliodd Anna i rythu arno heb ddweud gair.

'Dwi'n gwybod eich bod wedi anfon ateb, ond ro'n i'n meddwl y byswn i'n galw heibio beth bynnag.'

'Panad?' meddai Anna gan estyn am ei baglau.

Gosododd Siôn ei sach gefn drom ar lawr ac eistedd ar gadair oedd yn wynebu'r fainc. Mewn rhyw ffordd wyrdroëdig, hoffai Anna'r ffaith na wnaeth gynnig ei helpu, er ei bod ar faglau. Wnaeth o ddim diolch iddi, hyd yn oed, dim ond eistedd i lawr i arwyddo ei fod yn derbyn ei chynnig.

Tywalltodd Anna'r dŵr berwedig ar ben y dail Earl Grey. Roedd rhai pethau'n ddigyfnewid yn Nant yr Aur. Earl Grey a dail te go iawn, nid bagiau, oedd un ohonynt. 'Te pwff,' chwedl Emyr, fyddai'n boddi'r te mewn llefrith a lladd pob blas â llwyeidiau o siwgr, cyn gofyn am baned arall.

Allai hi ddim dechrau meddwl sawl paned roedd Emyr wedi'u hyfed yno dros y blynyddoedd. Rhai ar frys gwyllt, eraill yn hamddenol. Bu adegau, fel rŵan, pan fyddai'n cael paned yn ddyddiol bron. Bu adegau eraill pan na fyddent, neu pan na fyddai, yn ei weld am wythnosau – am fisoedd efallai.

Rhywun y daeth i'w adnabod yn sgil Ioan oedd Emyr, gan ei groesawu i'w byd i ddechrau am fod pawb a phopeth oedd a wnelo â Ioan yn wych. Y gwirioni gwirion yna sydd wedi gwneud i sawl gwraig gall gredu bod gwisgo sana efo sandalau'n dderbyniol, a jôcs amheus yn ddoniol. Nid bod Ioan yn ddyn sana a sandalau, nac yn un am jôcs amheus. Hyd yn oed heddiw, allai hi ddim rhestru ei wendidau. Ar un ystyr, chafodd hi erioed gyfle i beidio â gwirioni efo Ioan. Weithiau ceisiai ddychmygu a fyddai'r angerdd wedi dod i ben, yn araf a didramgwydd, petai Dylan wedi cael byw. Efallai y byddai'r ddau wedi cael ffrae am rywbeth neu'i gilydd, pwt o gamddealltwriaeth yn tyfu tu hwnt i bob rheswm, efallai, a hwythau wedi gwahanu'n flin a llawn dicter, yn cecru'n fydol dros lestri a llyfrau. Ond nid dyna fel y bu. Un munud roedd hi dros ei phen a'i chlustiau mewn cariad efo Ioan, a'r munud nesaf roedd yna ryw len rhyngddynt a honno'n mynd yn fwy trwchus bob dydd. Am gyfnod, roedd y llen yn ei chadw rhag bob rhan o fywyd a rhag pawb, ac yna wrth iddo ddechrau cilio doedd Ioan ddim yna, a doedd hi ddim yn gwybod a oedd hynny'n bwysig neu beidio.

Am ryw reswm, meddwl am Ioan oedd hi wrth osod mygiau a siwgr a jwg bach pridd yn llawn llefrith ar hambwrdd, wrth aros i'r te fwrw'i liw. Ar ôl gorffen sylweddolodd y byddai'n amhosib iddi gario'r hambwrdd.

'Dyna wyt ti'n gael am adael i dy feddwl grwydro,' meddai'n chwyrn wrthi'i hun. Roedd y syniad o orfod tynnu popeth oddi ar yr hambwrdd a'u cario allan fesul un ar y tro yn ormod. Aeth at y drws a syllu am eiliad ar y dyn ifanc yn eistedd yn yr haul. Weithiau, roedd gweld bechgyn – dynion ifanc, bellach, a fyddai tua'r un oed â Dylan – yn dal i'w chyffwrdd i'r byw. Ac am eiliad roedd yna rywbeth yn hwn, y ffordd roedd o'n syllu ar y nant ac yn mwytho'i war fel pe bai wedi bod yn eistedd yn llonydd am yn hir, yn hytrach nag wedi bod yn cerdded, yn deffro rhyw atgof ynddi ac yn gwneud iddi wenu. Trodd Siôn tuag ati, yn synhwyro rywsut ei bod yn edrych arno.

'Mae gen ti ddewis,' meddai Anna, a synnu ei bod yn dweud 'ti' wrtho. 'Cario'r hambwrdd allan i fama i mi, neu ddod i mewn i yfad dy banad.'

'Ddo i i mewn, os ga i.'

Ac fe glywodd Anna lais Dylan yn dweud ei fod 'isio pi-pi' yn nhai pawb, dim ond er mwyn cael mynd i fusnesu i fyny grisiau.

Pennod 8

CODODD Anna ei chopi o'r *Mabinogi* oddi ar fwrdd y gegin i'w roi'n ôl ar y silff. Mae'n rhaid ei bod hi a Siôn wedi trafod Blodeuwedd, gan iddi nôl y llyfr i weld a oedd y blodau a ddefnyddiwyd i'w chreu yn cael eu henwi. Roedd hi wedi bod yn eitha sicr eu bod nhw, ac yn amau mai banadl oedd un ohonynt heb fedru cofio'r gweddill. Heblaw am hynny, roedd yn anodd cofio am be y buon nhw'n sgwrsio. Sylweddolodd nad oedden nhw wedi trafod ei lythyr, er iddo eistedd yn sgwrsio am yn agos i ddwy awr. Yn sicr, ni ddatgelodd yr un ohonynt unrhyw wybodaeth o bwys am eu bywydau personol, ac eto roedd Anna'n teimlo'n hollol gartrefol yn ei gwmni.

Edrychodd ar y llyfr a darllen y geiriau eto, 'Ac yna fe gymerasant hwy flodau'r deri a blodau'r banadl a blodau'r erwain...' Yna fe'i caeodd yn ysgafn a'i osod yn ôl yn ei le ar y silff. Cyn iddi symud i fyw at Ioan, roedd ei llyfrau'n niferus ac yn ddi-drefn; Oriana Fallaci a Kate Roberts oedd cymdogion Chaucer, a châi llyfrau eu gadael mewn pentyrrau llychlyd ar fyrddau ac wrth erchwyn y gwely am wythnosau, neu eu cadw ar unrhyw silff, lle bynnag roedd bwlch iddynt. Ond pan gyfunwyd y ddwy lyfrgell, bu'n rhaid i'w llyfrau hi gael eu dofi a'u didoli. Ac er iddi hi a'r llyfrau wrthryfela am ychydig, bu'n rhaid plygu i'r drefn newydd.

Bob yn dipyn yr aeth Ioan â'i lyfrau oddi yno. Mynd â nhw fel roedd arno eu hangen. A hithau erbyn hynny'n llyfrgellydd cydwybodol, yn gyn-bechadur a gafodd dröedigaeth, yn tacluso ac yn cau'r bylchau. Weithiau byddai'n prynu copi iddi hi ei hun o lyfr roedd o wedi'i gymryd oddi yno. Dro arall, dim ond gwthio'r llyfrau at ei gilydd wnâi hi. Roedd ambell gyfrol o'i eiddo'n dal yno. Byddai Ioan yn sgwennu'i enw ar wynebddalen pob llyfr, ynghyd â dyddiad a man ei brynu.

Drws nesaf i'r *Mabinogi* roedd yna eiriadur Saesneg-Lladin. Agorodd Anna'r gyfrol er mwyn cael y pleser chwerw felys o ddarllen y geiriau y tu mewn: 'Ioan Gwilym, Hydref 26ain, 1985, yn y Gelli efo Anna'.

Roedd hi'n cofio'r diwrnod – diwrnod oer, sych a'r ddau ohonynt yn crwydro strydoedd y Gelli Gandryll fraich ym mraich, ac yna'n newid i law yn llaw, yna fel myfyrwyr chweched dosbarth, y naill yn rhoi llaw ym mhoced jîns y llall. Roedd yn syndod eu bod wedi gwahanu am ddigon o amser i'w galluogi i edrych ar unrhyw lyfr, heb sôn am brynu un.

Er bod yno siopau llyfrau yr adeg honno hefyd, roedd y Gelli'n llawer llai twristaidd. Tref farchnad gyffredin oedd hi, yn dechrau newid yn rhywbeth arall. Drws nesa i'r siop lle prynodd Ioan y geiriadur roedd siop *ironmongers* henffasiwn, a'r nwyddau'n gorlifo ar y palmant. Cofiai Anna iddi brynu brws sgwrio yno. Pam brws sgwrio? Pam ei bod yn gallu cofio'r brws â'i gefn o bren golau? Daeth yr awydd rhyfeddaf drosti i fynd yn ôl i'r Gelli i brynu brws sgwrio pren, a chael gwared ar yr un plastig glas a gadwai o dan y sinc. Tybed a fyddai yna frws sgwrio cyffredin a rhad ar werth yno heddiw? Ond byddai'n braf mynd yno i chwilio, ac efallai mynd am dro i lawr y ffordd i Gapel y Ffin.

Doedd yr Ŵyl enwog heb ei sefydlu pan brynwyd y brws sgwrio a'r geiriadur. Y tro cyntaf, a'r unig dro, i Anna fynd i'r Ŵyl oedd yn 2005. Roedd rhyw Sais oedd yn dod i aros yn eitha aml mewn tŷ haf yn y cwm wedi cymryd ffansi ati, ac wedi awgrymu bod y ddau ohonynt yn treulio deuddydd yng Ngŵyl y Gelli. Doedd yr ymweliad ddim yn llwyddiant.

'*We need to hurry, Anna. I don't want to miss this talk.*'

A hitha'n troi o ddrws y siop heb gael cyfle i gael gafael ar frws sgwrio. A'r noson honno, mewn gwesty yn y Gelli, oedd y tro olaf i Anna rannu gwely efo dyn.

Y tro nesa y daeth y Sais i'r tŷ haf, roedd yna wraig fain o'r enw Jessica yn cadw cwmni iddo. Daeth y ddau i gael paned yn Nant yr Aur, a'u bwtsias Barbour yn gadael patrymau anghyfarwydd ar y crawiau ar lawr y gegin. Dyna'r unig dro y bu'r ddau ar ei haelwyd, er iddynt ddod i aros yn y tŷ haf sawl gwaith dros y blynyddoedd.

Roedd y dyn hwnnw wedi cynnig prynu Nant yr Aur hefyd, y diwrnod y daeth o a'i Jessica draw. Od bod Anna'n gallu cofio'i henw hi, gwraig nad oedd ond wedi cyfarfod â hi unwaith, ond yn methu cofio'i enw o. Syllodd drwy'r ffenest yn ceisio ymlacio'i meddwl er mwyn gadael i'w enw ddod i'r wyneb. Martin! Ia, Martin oedd o, siŵr. Ac roedd Martin isio prynu Nant yr Aur, ac wedi esbonio'r holl bethau gwych y byddai'n ei wneud i'r tŷ, a sut y byddai ef a Jessica'n dod yn rhan o gymuned y cwm. Yn wir, fe fyddent yn gaffaeliad i'r lle, yn ehangu gorwelion pobl.

'I've no wish to sell.'

Yntau'n dal ati i geisio'i pherswadio. Anna yn eistedd yn ddistaw, a Jessica yn y diwedd yn torri ar ei draws a dweud yn dawel bod Anna eisoes wedi rhoi ateb iddo, ac efallai y dylai ddysgu gwrando mwy. Mae'n siŵr mai dyna pam y bu i Anna gofio'i henw, am iddi wneud hynny.

Diolchodd fod Siôn wedi derbyn nad oedd am werthu, ac nad oedd wedi rhygnu 'mlaen am y peth. Fe fyddai wedi bod yn anodd mwynhau ei gwmni am bnawn cyfan petai wedi mynnu troi'r sgwrs bob yn hyn a hyn at y mater o werthu Nant yr Aur. Yn sicr, fyddai hi ddim wedi gofyn iddo alw eto. Nac wedi awgrymu ei fod yn dod i gael swper y tro nesaf. Dyna pam y bues i'n cwyro'r bwrdd gora, meddyliodd.

Pennod 9

YCHWANEGODD Anna un peth arall at y rhestr siopa cyn ei
rhoi i Emyr. Edrychodd arno'n ei ddarllen, a gwenu wrth ei
weld yn ymatal rhag gofyn. Yna tosturiodd.

'Dwi wedi gwadd rhywun yma i swpar.'

Nodiodd yntau. 'Lemwn gwyrdd ydi leim, yntê? Os nad
oes 'na rai, wyt ti am i mi ddod â lemwn?'

'Ia. Defnyddia dy synnwyr cyffredin. Cyn belled â bod 'na
gig a bara a gwin. Diolch i ti, Emyr. Fydda i ddim yn y plastar
'ma am yn hir eto.'

Gwthiodd Emyr y rhestr a'r arian i'w boced a chychwyn
am y drws. A'i law ar y glicied trodd tuag ati a gofyn, 'Rhywun
dwi'n nabod?'

'Na, dwi ddim yn meddwl. Newydd ei gyfarfod o ydw i.'

Edrychodd y ddau ar ei gilydd am eiliad.

'A chyn i ti ddechra rhyw hen stori, dwi'n ddigon hen i fod
yn fam iddo fo.'

'Do'n i ddim...Wela i di pnawn 'ma.'

Doedd dim rhyfedd fod Emyr yn awyddus i'w holi. Allai
Anna ddim cofio pryd y rhoddodd wahoddiad ffurfiol i rywun
ddod i Nant yr Aur i gael swper. Cynnig tamaid o fwyd i
rywun oedd wedi dod yno beth bynnag, dyna fyddai hi'n ei
wneud fel arfer. Ond o ran gofyn fel y gofynnodd i Siôn –
'Fysat ti'n licio dod yma i gael swper nos Fercher?' – doedd hi
heb wneud hynny ers blynyddoedd. Ac yna bu'n rhaid gwneud
pethau eraill anghyfarwydd – yn cynnwys penderfynu be i'w
goginio. Sylweddolodd y dylai fod wedi gofyn i Siôn a oedd o'n
bwyta cig. Doedd ganddi ddim rhif ffôn ar ei gyfer i fedru holi.

Penderfynodd fod golwg dyn oedd yn bwyta cig arno. Ac mae hogia ifanc yn licio pwdin, meddyliodd, felly rhaid iddi wneud pwdin. Dyna pryd y sgwennodd 'siocled tywyll a tun o *crème de marrons*' ar y darn papur a roddwyd i Emyr. Cyn i Emyr gyrraedd, aeth yn ôl at y rhestr ac ychwanegu 'tria siop Linor'.

Rysáit Ioan oedd y pwdin. Gallai gofio holl fanylion ei fwyta am y tro cyntaf – y platiau, y jwg a ddaliai'r hufen, a'r cusanu blas siocled a drodd yn garu llawn chwerthin gwirion cyn dychwelyd i orffen y pwdin. A Ioan yn gwrthod datgelu'r rysáit am amser hir, gan greu rhyw hen fodryb ddychmygol yn Fienna oedd wedi trosglwyddo'r rysáit iddo ar ei gwely angau, a gwneud iddo dyngu y byddai'n cadw'r gyfrinach am byth. Cafodd wybod ymhen ychydig amser mai dim ond tun o *purée* cnau castan a siocled oedd y pwdin yn y bôn, ond Pwdin Tante Adèle fuodd o i'r ddau am byth.

Am y tro cyntaf erioed ystyriodd Anna tybed a oedd yna unrhyw berson arall yn y byd a wyddai be oedd Pwdin Tante Adèle. Ystyriodd ysgrifennu llythyr a'i gyfeirio at Tante Adèle, Fienna, ac esbonio ei bod hi, Anna, yn gwybod am ei phwdin enwog ac egluro ei bod ar fin ei wneud ar gyfer dyn ifanc roedd hi wedi ei gyfarfod unwaith yn unig, ond ei bod wedi ymateb i ryw chwiw ryfedd a'i wahodd i swper. Dychmygodd y llythyr yn gorwedd yn ddigartref mewn swyddfa bost yn Awstria cyn i bostmon na faliai ormod am y rheolau ei agor ryw bnawn diflas ac yntau'n aros i'w stem ddod i ben. A hwnnw wedyn, gan ei bod wedi ailadrodd y rysáit yn ei llythyr er mwyn gwneud yn siŵr eu bod yn dal i gadw'n driw iddo, yn mynd adra ac yn gwneud y pwdin i'w gariad. Ac yna fe fyddai yna ddau berson arall yn y byd yn gwybod be oedd Pwdin Tante

Adèle. Ac fe fyddai ganddynt ymhen amser blant bach gwallt melyn a fyddai yn gwybod, a phlant y rheini rywbryd, efallai...

Cipiodd gyllell finiog o'r drôr a dechrau pario'r tatws. Pariodd lawer mwy nag oedd ei angen gan iddi gael pleser wrth deimlo'r gyllell yn torri trwy'r caledwch. Wnaeth hi erioed fwynhau defnyddio pariwr tatws pwrpasol fyddai'n tynnu haen denau o groen. Gollyngodd y crwyn tatws i'r bwced gompost oedd yn prysur lenwi, a gadael i'r tatws sefyll yn y dŵr oer yn y sosban. Doedd dim mwy i'w wneud hyd nes y deuai Emyr yn ôl gyda'r neges. Aeth i eistedd ger y tân gan geisio anwybyddu'r cosi erchyll o dan y plastar. Rhoddai'r byd am gael ei grafu, ond doedd dim modd ei gyrraedd. Ceisiodd ymgolli mewn llyfr, ond doedd o ddim wedi'i sgwennu'n ddigon da, a phob rhyw frawddeg neu ddwy byddai'r cosi'n gwthio'i hun yn ôl i'w hymennydd a hawlio'i le yno fel y peth pwysicaf yn y byd.

Yna sylweddolodd Anna ei bod wedi darllen pennod gyfan a bod y cosi bellach wedi diflannu. Allai hi ddim dweud pryd y diflannodd, a phrin y gallai hi gofio pa mor erchyll oedd o. Roedd arni ofn meddwl gormod am y peth, rhag ofn iddo ailddechrau. Caeodd ei llygaid am eiliad cyn dechrau'r bennod nesaf.

'Iesu, mae 'na rai pobl yn cael bywyd braf!'

Gwenodd arno. Doedd hi ddim yn cofio pryd y rhoddodd Emyr y gorau i guro drws Nant yr Aur. Efallai na wnaeth hynny erioed.

'Diolch. Rho nhw ar fwrdd y gegin.'

'Wyt ti angen rhwbath arall?'

'Hannar awr yn ôl, mi fyddwn i wedi rhoi'r byd i gyd yn grwn am rywun efo llaw digon bychan i grafu o dan y plastar 'ma.'

Edrychodd Emyr ar ei ddwylo rhawia, ac ysgwyd ei ben. 'Mae dy dân di'n diffodd, ddynas,' meddai.

Llwythodd y stôf â choed a mynd i nôl chwaneg o'r cwt. Erbyn iddo ddod yn ei ôl roedd Anna yn y gegin yn tynnu'r nwyddau o'r bagia. Gwenodd wrth weld bod yna leim *a* lemwn. Doedd hi ddim hyd yn oed yn gwybod a oedd Siôn yn yfed *gin*, a oedd o'n yfed alcohol o gwbl, a fyddai o'n rhywun oedd yn poeni ynglŷn ag yfed a gyrru. Ond roedd hi wedi cael rhyw syniad yn ei phen o sut y dylai'r noson ddechrau a chynnig *gin* a thonic iddo oedd ar y sgript. Ac roedd y cyfarwyddiadau llwyfan yn nodi 'cerddoriaeth, ddim rhy uchel, gwerin neu opera'. Ond hyd yn hyn, doedd dim mwy na hynny o'r ddrama wedi'i sgwennu.

Daeth llais Emyr o'r stafell fyw. 'Mi alwa i'n y bora os ga i gyfla.'

A chyn i Anna allu hyd yn oed weiddi diolch, clywodd sŵn y drws yn cau.

Pennod 10

'*GIN?* Neu mae gen i…'

'Mi fydda *gin* yn neis iawn.'

Bu distawrwydd rhwng y ddau wrth i Anna dollti'r *gin*, tollti'r tonic, gwasgu'r clapiau rhew o'u nythod a thafellu'r leim.

'Iechyd da.'

Ac yna mwy o ddistawrwydd, y ddau'n sipian eu diodydd a llais Siân James yn dod o rywle, yn hiraethu am Feirionnydd.

Fuodd gan Anna erioed lawer o amynedd efo'r gair 'hiraeth' a'r holl ramantu gwirion o'i gwmpas. Roedd y gair fel petai wedi magu rhyw ystyr arbennig ym meddyliau'r Cymry, dim ond oherwydd nad oedd yna air Saesneg yn cyfateb iddo. Cofiodd gael pleser o ddysgu bod yna air Portiwgaleg, *saudade*, sy'n debyg iawn o ran ystyr. Doedd y gallu i hiraethu ddim yn unigryw i'r Cymry ac i'r iaith Gymraeg; y Saeson a'r Saesneg oedd yn od, yn ddiffygiol.

Wnaeth hi erioed ddwed ei bod yn hiraethu am Nant yr Aur. Ddim wrthi hi'i hun nac wrth neb arall. Byddai'n dweud wrth Ioan, a hwythau'n gwylio ffilm yn y fflat, bod yn rhaid iddi fynd adref am chydig, ac yntau yn y dechrau yn holi ac yn gwrthod derbyn, ac yna'n ddiweddarach yn derbyn heb holi. A phan arhosodd hi yn heulwen Ariège am haf cyfan bymtheg mlynedd yn ôl, roedd yn dweud wrthi'i hun bod yn rhaid iddi ddod yn ei hôl neu fe fyddai'r ardd y tu hwnt i bob achubiaeth. Ond pan gyrhaeddodd y tro hwnnw roedd yr ardd yn dwt a thaclus, y gwair wedi'i dorri, y chwyn dan reolaeth, a'r cnwd olaf o ffa yn barod i'w hel. Yn y gwrych ger y wigwam ffa roedd pêl las, ac ambell beth anghyfarwydd yn y cypyrddau yn y gegin. Cofiai, am ryw reswm, fod hadau coriander yno ac ambell sbeis arall nad oedd hi'n arfer ei ddefnyddio, ac roedd 'na lyfrau wedi diflannu oddi ar y silffoedd eto. Dyna'r unig arwyddion bron fod rhywun wedi bod yn aros yn y tŷ tra bu hi i ffwrdd. Amhosib oedd dweud am ba hyd y bu Ioan yno. Roedd hi'n amau bod yna rywun efo fo, neu o leia rhywun wedi galw – ffrind efo plentyn, efallai, a honno yn ei dychymyg yn ferch fach â phlethi coch am ryw reswm, wedi gadael ei phêl ar ôl. Holodd hi ddim o Emyr. Ond wrth gasglu'r ffa fe deimlai ryw hiraeth am Ioan. Ac roedd casglu'r ffa olaf oddi ar y wigwam ddiwedd yr haf, cyn tynnu'r planhigion hesb a'u rhoi yn y compost, yn creu rhyw eiliad neu ddwy chwerw-felys bob blwyddyn.

Roedd Anna wedi gosod y bwrdd ers canol y pnawn, cyn mynd i ymolchi a newid.

'Stedda,' meddai wrth Siôn gan amneidio at y gadair bella o'r gegin. Ac yna, bron yn syth, newidiodd ei feddwl. 'Na, ty'd efo fi i'r gegin i ti ga'l cario petha.'

Rhoddodd yntau ei wydraid o *gin* ar y bwrdd rhwng y ganhwyllbren a'r bara, a'i ddilyn i'r cefn.

'Diolch i ti. Mi fydd yn dda cael gwared o'r plastar 'ma. Mae o'n fy nghaethiwo i'n arw.'

Rhoddodd Anna un o'i baglau i orffwys yn erbyn y wal am funud a dechrau codi'r bwyd ar y ddau blât gwyn oedd yn gorwedd yn barod wrth ymyl y popty. Gosododd y darnau cyw iâr arnynt, yna'r tatws rhost ac yn olaf y stiw ffa a nionyn a thomato.

Gwelodd yr olwg ar wyneb Siôn wrth iddo arogli'r stiw. Sylwodd fod hanner gwên ar ei wyneb.

'Cumin?' gofynnodd gan blygu'n nes at y plât i'w arogli'n iawn.

'Ia, a ffa ola'r tymor o'r ardd. Maen nhw wedi bod yn y rhewgell ers misoedd.'

'Ro'n i'n arfer cael stiw tebyg yn blentyn, efo ffa a chumin.'

Gafaelodd Siôn yn y ddau blât a'u cario at y bwrdd derw yn y stafell arall. Dilynodd Anna ef ar ei baglau. Bu'r ddau'n bwyta mewn distawrwydd am ychydig.

'Siôn? Wnei di gymwynas arall efo fi?'

Gwenodd yntau.

'Mae 'na botel o win yn y ffrij. Ei di i'w nôl hi?'

Daeth Siôn yn ei ôl gyda'r botel ac agorwr. Agorodd y botel, ond gadawodd i Anna dollti'r gwin i'r gwydrau.

Petrusodd hithau cyn llenwi ei wydryn.

'I lle wyt ti'n gyrru?' gofynnodd.

Edrychodd Siôn yn chwithig am eiliad. 'Dwi wedi bod chydig bach yn ddigywilydd. Dwi wedi gosod fy mhabell, draw yn fan'cw.' Pwyntiodd drwy'r ffenest i'r tywyllwch. 'Ochr bella i'r afon.'

Llenwodd Anna ei wydryn, ac yna ei gwydryn ei hun. Llyncodd gegaid o'r hylif oer cyn ychwanegu, 'Tir Emyr ydi o. Ond fydd o ddim yn meindio.'

'Fo ydi'r hen ddyn efo'r Landrover las?'

'Ia,' atebodd Anna gan sylweddoli'n sydyn mai dyna oedd Emyr. 'Wyt ti wedi'i gyfarfod o?'

Nodiodd Siôn a'i geg yn llawn o gyw a thatws.

Pryd, tybed, y newidiodd Emyr i fod yn hen ddyn? meddyliodd. A oedd hithau wedi newid i fod yn hen ddynes? Wrth gwrs ei bod hi, yn sicr i rywun o oed Siôn. Ond doedd hi ddim yn gwybod pryd y digwyddodd hynny. Bum mlynedd yn ôl? Ddeng mlynedd yn ôl? Cyn hynny? Edrychodd ar y dyn ifanc gyferbyn â hi, yn mwynhau ei fwyd, a methu deall am funud pam y bu iddi ei wahodd. Ond yna gwenodd Siôn arni a dechrau sgwrsio am felinau gwynt, neu bwerdai gwynt fel y galwai ef hwy. Ac yna trodd y sgwrs at Dylan Thomas ac yna cathod, ac erbyn hynny roedd eu platiau'n lân, y botel win yn wag a waliau Nant yr Aur yn cynhesu ac yn gwrando.

'Pwdin!'

Dechreuodd Anna godi'n drafferthus ar ei thraed.

'Steddwch, 'dach chi wedi mynd i ddigon o drafferth yn barod. Fi ydi'r gwas bach heno.'

Gollyngodd Anna ei hun yn ôl i'r gadair gan adael iddo roi coed ar y tân, a mynd i'r gegin i nôl y pwdin o'r oergell. Gosododd y cylch brown o'i blaen a thorrodd hithau ddau ddarn helaeth a'u gosod yn y dysglau.

Rhoddodd Siôn lwyaid o'r pwdin yn ei geg a gwneud sŵn 'Mmm' gwerthfawrogol, fel plentyn. Neu fel dyn.

'Diolch am fy ngwadd i, Anna. Mae hi wedi bod yn noson braf, yn union fel bod adra.'

'Lle ydi adra, Siôn?'

Cymerodd yntau ddarn arall o Bwdin Tante Adèle cyn ei hateb.

'Does yna ddim adra bellach. Doedd yna ddim un lle beth bynnag – crwydro oeddan ni, trwy gydol fy mhlentyndod. A rŵan...'

Petrusodd a chymryd cegaid o win. Roedd ail botel wedi ei hagor er na fu trafodaeth am y peth.

'A rŵan, dwi'n blentyn bach amddifad.' A chyn i Anna gael cyfle i'w ateb cododd ei wydryn tuag ati. 'Iechyd da, a iechyd da i bwy bynnag greodd rysáit y pwdin bendigedig yma.'

Pennod 11

Y BORE wedyn safai Anna yn y gegin yn ei gŵn wisgo, yn trio penderfynu ai brecwast mawr llawn saim fyddai orau, neu hanner peint o sudd oren a dwy barasetamol. Cymerodd eiliad neu ddwy iddi sylweddoli mai cnoc ar y drws oedd y twrw a glywai.

'Tydi pobl ifanc ddim yn cael pen mawr, o be dwi'n gofio,' meddai dan ei gwynt, gan ddal i ymbalfalu yn y cwpwrdd am y parasetamol. Roedd hi wedi penderfynu mai saim a sudd a chemegau at y cur pen fyddai orau.

'Ty'd i mewn,' gwaeddodd, 'mae o'n gorad.'

'Iw, hw! Fi sy 'ma!'

Griddfanodd Anna wrth sylweddoli mai Dora oedd yno.

'Roedd 'na heffrod wedi dengid i'r ffordd, ac roedd yn rhaid iddo fo fynd yn syth i lawr i fanno. Ddudis i wrth Emyr 'swn i'n galw i neud yn siŵr dy fod ti'n iawn. Roedd o wedi gaddo galw, medda fo.'

Gollyngodd Dora focs Tupperware ar y bwrdd. 'Sgons. Meddwl 'i bod hi'n anodd i ti neud petha dyddia 'ma.'

A'r ddwy ohonynt yn gwybod yn iawn na fyddai Anna byth bron yn gwneud sgons. Llyncodd Anna'r tabledi.

'Ti mewn poen? Ddylat ti ofyn i'r doctor am rwbath cryfach, 'sti.'

'Panad, Dora?'

Yfodd Anna ddau wydraid o ddŵr wrth aros i'r tegell ferwi a hanner gwrando ar Dora.

'Oeddat ti'n gwybod bod 'na rywun yn campio'r ochr arall i'r afon? Mi yrra i Emyr draw yn y munud i weld pwy ydyn nhw. Paid ti â thrio mynd draw. Dwi ddim am fynd chwaith. Wyddost ti ddim...'

Tywalltodd Anna ddŵr berwedig ar ben y coffi yn y pot coch, a gadael i'r llifeiriant geiriau dasgu'n ddirwystr o amgylch yr ystafell.

'Wyt ti isio rhwbath i fyta, Dora? Dwi heb gael brecwast eto.'

Rhoddodd bedair tafell o gig moch yn y badell, gan wybod na fyddai Dora'n gwrthod y cynnig.

'Amsar od o'r flwyddyn i gampio. Iesu, dwi'n siŵr 'i bod hi'n oer allan yn fanna neithiwr.'

A theimlodd Anna'n euog nad oedd hi wedi dwyn mwy o berswâd ar Siôn i gysgu'n y tŷ. Dim ond rhyw hanner cynnig wnaeth hi, ond mi oedd o'n hollol bendant wrth ei hateb.

'Mae gen i offer da, mae fanna'n lle bach cysgodol, a dwi wedi cysgu mewn llefydd llawer gwaeth.'

Edrychodd Anna arno gan ddisgwyl rhagor o fanylion, ond tewi wnaeth o.

'Rywbryd eto.' Ac yna ymestynnodd tuag ati a rhoi cusan ysgafn iddi ar ei boch. 'Nos dawch.'

Eisteddodd Anna am amser hir o flaen y marwydos yn y stôf, yn gorffen gweddillion y drydedd botel o win cyn mynd i'w gwely. Wrth roi'r gwydryn a'r botel wag ar y bwrdd cafodd gip drwy'r ffenest a gweld bod 'na olau egwan yn dal yn y babell. Gadawodd hithau'r llenni'n agored ac un lamp fechan ynghynn fel bod yna olau yn ffenest Nant yr Aur drwy'r nos.

Roedd yn arfer gwneud hynny bob tro y byddai'n gadael Nant yr Aur. Dysgodd Ioan dderbyn y gwastraff arian yn ddirwgnach, er na dalltodd o erioed ei rhesymeg. I fod yn deg â fo, dim ond rhyw ddwywaith y ceisiodd esbonio.

'Nid i mi mae o, siŵr. Dwi ddim angen gadal gola. Ond mae o'n gadael iddo fo wybod ein bod ni'n dod 'nôl, yn tydi?'

Yr un ysfa oedd yn ei rhwystro rhag golchi pob llestr cyn cau'r drws, boed hi'n mynd am ddwyawr neu ddeufis. Roedd angen gadael rhywbeth ar ei ganol yno, petai ond nofel ar hanner ei darllen yn sigo'i meingefn mewn gobaith ar fraich y gadair wrth y tân. Dyna oedd y gwahaniaeth mawr pan ddychwelodd ar ôl treulio misoedd yn Ariège bymtheg mlynedd yn ôl. Y taclusrwydd wnaeth iddi sylweddoli bod rhywun na fwriadai ddod yn ei ôl wedi bod yno.

Roedd Dora wedi gorffan ei phaned a'i brechdan gig moch, ac yn amlwg yn teimlo y dylai hi wneud rhywbeth i helpu Anna druan ar ei baglau, ac eto doedd ddim yn siŵr be i'w wneud. Diolchodd Anna fod Siôn wedi mynnu golchi'r llestri neithiwr, ac nad oedd dau blât a dau wydryn yno yn farciau cwestiwn. Fel yr arferai ei nain ddweud, 'Haws cau'u llgada nhw na chau'u cega nhw.'

Cododd Dora gaead y sosban a oedd yn cynnwys gweddillion y stiw ffa.

'Rwbath sbeisi, egsotig yn fama gen ti.'

'Cumin ydi'r hogla 'na ti'n glywed. Fel arall, tydi o'n ddim byd ond tomatos a nionod a ffa,' atebodd Anna wrth lenwi'i mŵg â choffi du am y trydydd tro. A dim ond wrth ddweud hynny y sylweddolodd fod y ffa wedi'u gadael heb eu casglu bymtheng mlynedd yn ôl.

'Wyt ti isio i mi gynna tân i ti, Anna?'

Roedd Dora bellach wedi crwydro i'r ystafell fyw.

'Diolch. Er, dwi'n siŵr bod 'na dal rhyw fymryn o gochni yna. Tria roi chydig o'r pricia sych sy yn y bocs arno fo . . . Neith o ailgynnau, falla.'

Pennod 12

GAFAELODD Anna yn ei baglau er mwyn dilyn Dora at y drws i ffarwelio â hi. Y cwbl oedd arni hi isio oedd llonydd i nyrsio'r pen mawr nad oedd fawr gwell er gwaetha'r saim a'r coffi a'r parasetamol.

'Mae'r campar wedi mynd! Lawr fanna oedd o.'

Bellach doedd dim i'w weld ond y brwyn arferol a dwy bioden yn cecru yn y ddraenen wen a dyfai ger ystum yr afon. Teimlodd Anna ryw wacter od, y siom rhyfedda fod Siôn wedi mynd heb ffarwelio â hi. Diolchodd i Dora am alw, a'i sicrhau y byddai'n dod i lawr i'w gweld hi ac Emyr unwaith y byddai allan o'r plastar ac yn cael gyrru eto.

Safodd wrth y drws yn gwylio'r ddynas fach dwt yn mynd i mewn i'w char bach coch. A daliodd i sefyll yno wedyn am yn hir yn rhythu ar y tir yr ochr bella i'r afon lle bu'r babell, a lle nad oedd modd dweud bod pabell wedi bod. Diflasodd y ddwy bioden ar eu cecru, codi o'r goeden a hedfan tuag ati, gan wyro tuag at y bwrdd adar ac yna, am ryw reswm, ailfeddwl a chodi'n uwch a diflannu o'r golwg. Gresynodd Anna na fyddai wedi gofyn i Dora lenwi'r cewyll a ddaliai gnau i'r adar bach. Roedd dau ditw'n pigo'r llond dwrn o gnau mwnci oedd ar ôl yng ngwaelod un ohonynt, ac fe fyddai'n wag yn fuan. Ond roedd mynd i'w llenwi'n ormod o ymdrech i Anna.

Trodd, cau'r drws y tu ôl iddi, a dringo'n llafurus yn ôl i'r llofft. Gan osgoi edrych yn y drych yn bwrpasol, llithrodd yn ôl i'w gwely rhwng cyfnasau a oedd wedi hen oeri. Cyfrinach byw'n llwyddiannus ar eich pen eich hun, meddai rhywun wrthi rywbryd, yw dysgu gwerthfawrogi darnau oer y gwely.

Plygodd ei phengliniau i fyny ora medrai hi, a gorwedd yno fel plentyn yn y groth. Ymhen ychydig, cynhesodd y cyfnasau a syrthiodd hithau i gysgu.

Pan ddeffrodd Anna roedd yn teimlo'n wyrthiol o well. Symudodd ei phen yn ofalus ond roedd y cur erchyll wedi diflannu. Roedd yr ysfa i chwydu wedi diflannu hefyd. Trodd i edrych ar y cloc bychan ar y bwrdd ger y gwely. Roedd bron yn dri y pnawn yn ôl hwnnw, ond roedd ei chorff yn tyngu ei bod bellach yn fore diwrnod arall, ac y dylai gael brecwast eto.

Cofiai deimlo'r anghydfod yma rhwng ei chorff a'r cloc yn dilyn marwolaeth Dylan. Byddai'n crwydro'r tŷ fel adyn drwy'r nos, ac yn gwneud pob math o orchwylion bryd hynny – glanhau, coginio, peintio waliau. I ddechrau, byddai Ioan yn ei dilyn pe byddai'n deffro a sylweddoli nad oedd wrth ei ochr yn y gwely. Cofiai'r noson y daeth allan ar ei hôl a'i gweld yn chwynnu rhwng y rhesi betys â lamp fechan ar ei thalcen fel glöwr. Gwylltiodd efo hi'r noson honno. A hithau'n gwylltio'n ôl i ddechrau, ac yna'n ildio, yn wylo ac yn gadael iddo ei harwain yn ôl i'r gwely.

Ond thorrodd hynny mo'r patrwm. Byddai wedi blino cymaint nes dianc i'w gwely yn ystod y dydd neu bendwmpian dan flanced ar y soffa. Ac fe aeth Ioan yn fwy deddfol ei amserlen – dibynnai ar gloc larwm i'w ddeffro am chwech bob bore, a byddai'n mynd i'w wely bob nos yr eiliad y deuai'r newyddion deg i ben. Petai'r grisiau ddim mor gul, fe fyddai'r ddau'n llythrennol wedi pasio arnynt.

Cofiodd Anna ddeffro sawl tro fel heddiw, ganol y pnawn, ar ei phen ei hun yn y gwely, gweld awyr las trwy'r ffenest yn y to a theimlo darnau oer y gwely'n brathu. Yna byddai'n clywed

Ioan yn symud o gwmpas lawr grisiau a byddai'r gwely'n cynhesu a hithau'n mynd yn ôl i gysgu.

Rywbryd yn y cyfnod yma cyrhaeddodd Dora am bump o'r gloch rhyw fore, ac Anna yn y gegin newydd wneud llond crochan o lobsgows ac yn bwriadu gwneud jam eirin unwaith y byddai'r sosban fawr yn wag.

'Ti ddim yn meindio, nagwyt? Gweld dy fod ti ar dy draed. Ro'n inna'n methu cysgu, ac wedi bod am dro, a gweld y gola, meddwl . . .'

'Gymeri di bowlan o lobsgows?'

Ac fe eisteddodd y ddwy wrth fwrdd y gegin yn llowcio lobsgows fel pe baen nhw heb fwyta ers dyddiau, ac fe gafodd Dora gyfle i fwrw'i bol. Doedd yna ddim i Anna ei wneud ond gwrando. Fyddai ganddi ddim llawer i'w gyfrannu beth bynnag – doedd ganddi hi ddim affliw o syniad a oedd Emyr yn cael affêr neu beidio. Ei greddf ar y pryd oedd y byddai Emyr yn rhy llwfr – y byddai'n mwynhau'r fflyrtio a'r dychmygu, ac yn mwynhau ystyried y posibilrwydd. Y byddai hyd yn oed yn cael rhyw bwt o wefr wrth ddweud celwydd bychan wrth Dora, a chuddio'r ffaith ei fod wedi cael paned efo'r ddynas 'ma ar ddiwrnod mart. Ond y byddai, petai honno'n ei gymryd o ddifri, yn rhedeg am adra'n reit handi. Ddwedodd Anna 'run gair o hyn – dim ond gwrando, ac ail-lenwi dysgl lobsgows Dora.

Wrth i Dora orffen yr ail ddysglaid, clywodd y ddwy ohonynt gloc larwm Ioan yn canu, ac ymhen ychydig funudau roedd o yn y gegin, yn cynnig gwneud coffi a thost i'r ddwy. Gwrthododd Dora, codi ar ei thraed, a gadael. Gorfododd Anna ei hun i fwyta tost ac yfed coffi gyda Ioan. Yna cofleidiodd ef yn dynn ac yn hir heb ddweud gair, a brwydrodd i aros yn effro drwy'r dydd ac i wneud pethau yn ei gwmni. Pan aeth i'w gwely, ryw awr neu ddwy o'i flaen, gorweddodd yno am ychydig funudau yn edrych ar gymylau hir main yn cael eu goleuo gan y lleuad a sylweddoli bod ganddi ambell beth i fod yn ddiolchgar amdanynt o hyd.

Ymhen ychydig amser llithro'n ôl i'w hen batrwm dibatrwm o gysgu a deffro wnaeth hi, ond erbyn hynny roedd Ioan wedi ailddechrau teithio gyda'i waith. Ni chafodd Anna erioed wybod, gan Dora na chan neb arall, a gafodd Emyr berthynas efo'r ddynas yn y mart ai peidio, ac fe aeth y diwrnod hwnnw'n angof fel cynifer o rai eraill.

Pennod 13

FE GANODD y ffôn ddwywaith y diwrnod wedyn, ond nid Siôn oedd yno. Galwodd Emyr fel roedd hi'n tywyllu a rhoi bwlb golau newydd yn y gegin yn lle'r un oedd wedi dod i ddiwedd ei oes a'i gadael yn y tywyllwch. Ac fe geisiodd Anna anwybyddu'r anniddigrwydd oedd yn ei gyrru ar ei baglau o gwmpas y tŷ i wneud pethau ac i wneud dim byd. Er cymaint roedd hi wedi rhoi ochenaid o ryddhad pan ddechreuodd godi'i phensiwn, ar ddyddiau fel hyn fe fyddai wedi bod yn dda ganddi gael gwaith i fynd iddo. Nid ei bod hi wedi cael swydd bwysig erioed, dim byd a deilyngai gael ei alw'n yrfa neu alwedigaeth: jobsys oeddan nhw i gyd, ac fe fyddai'n symud o un i'r nesa heb gynllun o unrhyw fath. Ond heddiw fe fyddai wedi bod yn braf gwybod bod yn rhaid iddi gyrraedd y caffi neu'r ganolfan arddio erbyn naw, ac y byddai ei dydd yn llawn o lestri budron, sachau gwrtaith ac anghenion cwsmeriaid trafferthus.

Fe allai sgwennu at Siôn, wrth gwrs, ond allai hi ddim dychmygu be i'w ddweud yn y llythyr. Doedd hi ddim yn gwybod be oedd hi am ei ofyn na be oedd hi am ei ddweud.

'Dweud y gwir,' meddai'r darn bach o Ioan oedd yn dal i ogor droi ym mharwydydd Nant yr Aur. 'Mae hynny'n llawer haws.'

Ac fe ddechreuodd ysgrifennu llythyr yn ei phen at Siôn.

'Annwyl Siôn,

Mi o'n i wedi disgwyl dy weld cyn i ti adael y bore o'r blaen. Dwi'n gobeithio y doi di'n ôl i Nant yr Aur, oherwydd...'

Dechreuodd gnoi pen y beiro dychmygol cyn dal ati i sgwennu yn ei meddwl.

'Oherwydd fod dy bresenoldeb yn Nant yr Aur yn teimlo'n iawn. '

Doedd dim angen mwy o esboniad na hynny. Ni wnaeth Ioan erioed bregethu bod yn rhaid dweud yr holl wir. Y gwir a dim ond y gwir – dyna oedd ei gredo. Ac roedd darganfod yr holl wir yn anodd beth bynnag. Golygai durio i dyllau bychain a sugno popeth oddi yno, ac edrych yn ofalus ar bob dim a gasglwyd a'u didol a'u henwi.

Ond yrrodd hi mo'r llythyr; sgwennodd hi mohono, hyd yn oed. Siôn sgwennodd ati hi. Cyn diwedd yr wythnos cyrhaeddodd cerdyn post o Fienna – llun o stalwyni gwynion yr Ysgol Farchogaeth Sbaenaidd – ac ar ei gefn, mewn llawysgrifen gain, y neges 'Mae Tante Adèle yn cofio atoch. S x'

Chwarddodd Anna – rŵan, o'r diwedd, roedd yna rywun arall yn gwybod am Tante Adèle. Er nad oedd hi'n cofio adrodd

yr hanes. Gormod o win, Anna fach, meddai. Syllodd ar lun
y stalwyni gwynion a meddwl mor braf fyddai cael mynd i'w
gweld yn dawnsio.

'A be sy'n dy rwystro di, Anna Morris?' meddai'n uchel gan
edrych yn gyhuddgar o gwmpas yr ystafell. Gwelodd ei sach
Karrimor yn gorwedd yn fudur a thyllog wrth ochr y stôf. Fe
fyddai'n rhaid prynu un arall, ond mater bach fyddai hynny.

Ar ôl cael tynnu'r plastar 'ma, a chryfhau chydig, pan fyddai'r
tywydd yn well, a phe bai ganddi ddigon o bres, yna fe fyddai'n
mynd i Fienna, neu i rywle. Dulyn, efallai; doedd dim angen
pasbort i fynd i Ddulyn, nac oedd? Doedd hi ddim hyd yn oed yn
siŵr a oedd ganddi basbort dilys. Fe ddylai edrych; mae'n siŵr fod
cael un newydd yn cymryd amser. Gwyddai fod y pasbort, boed
ddilys neu beidio, wedi ei gadw'n ddiogel gyda gweithredoedd
Nant yr Aur. 'Mi edrycha i arno fo fory', meddai wrthi'i hun.

Bu sôn am ychwanegu manylion Dylan at ei phasport hi, ac
fe aethpwyd ag ef i gael tynnu'i lun. Roedd Ioan yn awyddus
i'r ddau ohonynt dreulio tymor efo fo tra oedd ym mhrifysgol
Roazhon. Ond bu'n rhaid ailfeddwl. Bu'n rhaid i Ioan dorri'i
gytundeb ar ganol y tymor. Tybed a aeth yn ôl yno erioed? A
gafodd o wahoddiad i fod yn ddarlithydd gwadd am dymor arall?
Gallai ddychmygu gwraig oedd yn aelod o ryw bwyllgor mewn
rhyw adran yn awgrymu, 'Be 'sa ni'n gofyn i'r dyn 'na, hwnnw
y bu'n rhaid iddo fynd adra oherwydd i'w fab farw, be oedd 'i
enw o 'dwch ... Ioan Gwilym?' A rhywun arall yn holi lle'r oedd o
erbyn hyn, a tybed a wyddai unrhyw un sut i gael gafael arno. Ac
mae'n siŵr y byddai rhywun yn gwybod lle'r oedd o.

Am gyfnod, bu Anna'n gyrru'i lythyrau ymlaen i'r fflat, ond
yna daeth y postman â dau ohonynt yn ôl, a llawysgrifen ddieithr

arnynt yn nodi nad oedd y person hwnnw'n byw yno mwyach. Pe bai anian ditectif ynddi, mae'n siŵr y gallai fod wedi dilyn ei drywydd. Petai hi'n un dda efo cyfrifiaduron, yn ôl yr hyn roedd hi'n ei ddeall, mater cymharol hawdd fyddai dod o hyd iddo. Efallai y dylai brynu cyfrifiadur. Nid er mwyn chwilio am Ioan, ond er mwyn…A dweud y gwir doedd hi ddim yn siŵr er mwyn be. Fwy nag oedd hi'n siŵr a oedd arni angen pasbort newydd, hyd yn oed os oedd yr hen un wedi dod i ben. Nid oedd hel meddyliau felly ond arwydd o'r anniddigrwydd a'r anfodlonrwydd oedd yn ei chnoi ers dyddiau.

Rhoi pìn bawd yn y llun o'r stalwyni gwynion oedd hi er mwyn ei osod ar y silff uwchben sinc y gegin pan ddaeth cnoc a sŵn y drws yn agor a 'Iw-hw!' Edrychodd Anna ar Emyr a Dora yn sefyll wrth ochra'i gilydd yn ei hystafell fyw.

'Oes 'na rywbeth yn bod?' holodd.

'Nac oes siŵr. 'Dan ni'n mynd i brynu teils, a dyma fi'n deud wrth Emyr, "Ti'n gwybod be 'sa'n syniad da? Mynd i nôl Anna – dwi'n siŵr fod y greaduras yn diodda o *cabin fever* erbyn hyn, a 'sa trip bach a chinio mewn caffi'n gwneud byd o les iddi hi" a…'

Daliodd Anna lygad Emyr am hanner eiliad cyn iddi atab ei wraig.

'Ti'n gwbod be, Dora, ti'n iawn. *Cabin fever* ydi'r union eiria.'

Trodd honno'n fuddugoliaethus at Emyr. 'Ddudis i'n do. 'Sa ti wedi…'

Ond erbyn hynny roedd Anna'n gwisgo'i chot ac roedd Emyr wedi mynd i agor drws y Landrover. Cymerodd y baglau oddi arni a'u rhoi yn y cefn, ac yna ei helpu i mewn i'r cerbyd.

'Be ddiawl ti'n fyta, ddynas?'

Wnaeth Anna ddim ond gwenu arno. 'Bydd yn ofalus na wnei di fy ngollwng i.'

'Wna i mo hynny, 'sti.'

'Na wnei, dwi'n gwybod.'

Tra bod y ddau arall yn trafod teils, crwydrodd Anna yn araf ar ei baglau o gwmpas y siop fawr. Gofynnodd i un o'r hogia oedd yn gweithio yno ei helpu, a phrynodd ddau dun o baent melyn. Byddai'n syniad da i sirioli chydig ar yr ystafell ymolchi, penderfynodd. Roedd hi'n bryd i Nant yr Aur gael ei ymgeleddu – roedd hi wedi esgeuluso'r lle'n ddiweddar.

Pennod 14

DOEDD Anna rioed wedi gallu gadael tun newydd o baent yn hir heb ei agor. Gwthiodd gŷn bychan o dan ymyl y caead mewn dau le, ac yna'i godi'n ofalus. 'Sweet Sunshine' oedd y lliw. Mae'n siŵr fod yna rywun yn rhywle, tîm cyfan o weithwyr efallai, oedd yn gwneud dim byd ond dyfeisio enwau ar wahanol liwiau paent. Iâr ac wy braidd, toedd? Tybed oedd y crewyr paent, y crewyr lliwiau, yn dod â'u lliw newydd at y panel enwau ac yn aros iddo gael ei fedyddio fel ei fod yn peidio â bod yn 'Melyn 266'? Neu efallai mai'r crëwr enwau oedd yn penderfynu y byddai'r cyhoedd yn prynu rhywbeth o'r enw 'Sweet Sunshine', eu bod yn mynd i'r labordy ac yn gofyn, 'plîs gawn ni felyn newydd, ddim rhy dywyll na rhy lachar.' Roedd y byd yn llawn o bethau nad oedd hi'n gwybod dim amdanynt; pethau na fyddai byth yn eu gwybod.

Gan bwyso ar un fagl, cododd y tun paent oddi ar y llawr a'i osod ar ymyl y bath. Rhoddodd ei brws yn y paent a thaenu chydig ohono ar wal yr ystafell ymolchi. Edrychodd arno am funud ac yna gwneud yr un peth ar ddarn arall o wal yn ymyl y ffenest. Ystyriodd. Oedd, roedd yn plesio, ac yn welliant ar y glas oedd yn edrych fel môr ar ddydd o haf pan ddewiswyd ef, ond a oedd bellach yn rhoi rhyw naws oeraidd i'r lle, fel lliw llygaid dyfrllyd hen ŵr. Aeth i nôl hen bapur newydd o'r gegin, ei gario dan ei chesail i'r ystafell ymolchi a'i daenu ar hyd y llawr. Yna aeth i nôl y radio fechan. Gwenodd. Fis yn ôl, fe fyddai wedi bod yn gwbl amhosib iddi wneud rhywbeth fel hyn. Roedd gwneud paned yn dasg anodd yr adeg honno. Bellach roedd hi'n gallu rhoi ychydig o bwysau ar y goes. Roedd pethau'n gwella. Peintiodd ei ffordd yn bwyllog o amgylch yr ystafell gan symud gyda'r cloc. Wrth gyrraedd unrhyw rwystr – lliain, potel siampŵ, sanau'n sychu ar y rheiddiadur – byddai'n eu taflu'n bentwr blêr i mewn i'r bath. Gwyddai fod llawer o bobl – Dora, Ioan, ei thad – yn clirio popeth o ystafell cyn cychwyn peintio. Ac yna'n golchi'r waliau â sebon siwgr, yn llenwi tyllai â poliffila, yn rhwbio'r paent ar y drysau â phapur tywod. Ond roedd Anna'n peintio fel ei mam...

Ddwyawr yn ddiweddarach roedd hi wedi mynd o amgylch yr ystafell gyfan, ac wrth ei bodd efo'r altrad. Gorffwysodd ar ymyl y bath. Roedd hi wedi llwyddo'n wyrthiol, ond doedd hi ddim mor wirion ag ystyried sefyll ar ben cadair. Golygai hynny fod yna gwta droedfedd o wal nad oedd modd iddi ei chyrraedd. Gwyddai o'r dechrau y byddai hynny'n broblem, ond roedd ganddi ffydd y byddai modd ei goresgyn rywsut.

Efallai y byddai rhywun yn galw heibio, neu efallai y byddai'n rhaid gadael y rhimyn o fôr ar ben draw'r traeth melyn am bythefnos nes y byddai wedi cael tynnu'r plastar.

Edrychodd unwaith eto ar y border glas. Petai coes ei brws yn hirach... 'Hogan glyfar!' meddai'n uchel wrthi ei hun. Gafaelodd yn ei baglau er mwyn mynd i nôl y brws llawr a chwilio am linyn. Roedd wrthi'n rhwymo'r brws paent i goes y brws llawr – gan golli mwy fyth o ddiferion o'r heulwen melys hyd ei jîns – pan ddaeth cnoc ar y drws.

'Mae o'n gorad!'

Clywodd y drws yn agor a phwy bynnag oedd yno'n petruso.

'Dwi'n fama!'

Roedd hi'n dal ei gafael yn dynn yn y llinyn a amgylchynai goesau'r ddau frws, ac yn edrych tua'r drws. Yno safai Siôn, yn hanner gwenu ac yn astudio'r waliau anorffenedig, y ddau frws a'r llinyn. Gollyngodd ei fag ar lawr.

'Ydach chi'n gallu gwneud paned?'

'Ydw, siŵr.'

'Ga i ddefnyddio'r gadair 'ma?'

Cymerodd y brws paent oddi arni a gadael i'r llinyn ddatod.

'Mi fydda i wedi gorffen hwn cyn i'r tegell ferwi.'

Gadawodd Anna iddo heb drafod ymhellach, a mynd i'r gegin i lenwi'r tegell. Gwenodd wrth glywed llais tenor yn treiddio trwy'r waliau o'r ystafell ymolchi.

'You are my sunshine, my only sunshine...'

Ac yna er mawr syndod iddi, ar ôl gorffen y gytgan, dechreuodd ar y pennill cyntaf:

'The other night, dear, as I lay sleeping, I dreamt I held you...' a mynd drwy'r gân i gyd.

Roedd Anna wedi eistedd yn y gegin a dechrau yfed ei the erbyn i Siôn ddod ati. Edrychodd arno'n golchi'r brws paent ac yna'n golchi'i ddwylo. Treiddiai mymryn o heulwen hwyr y dydd trwy'r cylch gwydr lliw a grogai yn y ffenest a chreu patrwm ar ei ysgwydd.

'Dwi byth yn siŵr,' meddai Anna, 'ai cân hapus neu gân drist ydi honna.'

'Cân drist,' meddai Siôn gan dollti te o'r tebot glas. Nodiodd Anna a gwthio paced o fisgedi siocled yn nes ato fo. Pwyntiodd at y llun o'r stalwyni gwynion ger y sinc.

'Reit, dwi isio clywed hanes Fienna...'

Sylweddolodd Anna – ar ôl i Siôn godi o'i gadair, diolch am y baned, a mynd allan gan addo dod 'nôl drennydd – ei bod wedi cael hanes Fienna i gyd. Pob manylyn, o arogl stablau'r stalwyni i liwiau'r cacennau yn y siopau; o stori hir ddoniol am ddau blentyn yn camfihafio mewn siop esgidiau, i liw'r llenni yn y gwesty. Popeth – heblaw pam ei fod wedi mynd yno, ac a oedd ganddo gwmni ai peidio.

✎

Cadwodd Siôn ei addewid a chyrraedd yn ôl yn hwyr brynhawn drennydd. Mor hwyr nes bod Anna wedi penderfynu na fyddai'n dod, ac yn dechrau meddwl ei bod wedi dychmygu'r hyn ddywedodd o. Yna, pan gyrhaeddodd yn wlyb diferol teimlai'n euog ei bod wedi ei amau ac yn euog fod cadw'i addewid wedi bod yn ddigon pwysig iddo gerdded trwy'r glaw.

'Ti'n wlyb at dy groen. Cer i gael cawod. Mae 'na ddigonedd o ddŵr poeth, a llieinia. Efallai fod 'na ddillad i dy ffitio di hefyd.'

Hoffodd Anna'r ffordd y derbyniodd Siôn y cynnig mor ddilol, gan osod ei fag yn ofalus ar lawr wrth ymyl y bwrdd. Aeth hithau i dyrchu ym mhellafoedd y cwpwrdd crasu am bar o jîns a fu yno ers degawdau, ac oedodd i wrando ar y canu oedd yn dod o'r ystafell ymolchi. Gosododd y jîns ac un o'i chrysau T mwyaf hi ar lawr tu allan i'r drws a mynd i lawr y grisiau lle na allai glywed geiriau 'Ceidwad y Goleudy', dim ond rhyw deimlo trwy gerrig y tŷ ei fod yn dal ati i ganu a bod y gân wedi newid. Tybed a oedd Mynediad am Ddim yn dal i fodoli? Doedd ganddi ddim syniad. Un arall o'r pethau nad oedd hi'n eu gwybod.

Trodd Anna'i phen yn sydyn ac edrych i fyny at yr oriel. Roedd Siôn yn sefyll yno yn edrych arni, a chawsai'r teimlad ei fod wedi bod yn sefyll yno ers amser hir. Bron y teimlai ei fod wedi ei hewyllysio i droi ac edrych arno. Tynnodd Siôn y crys T amdano a gafael yn y lliain, gan rwbio'i wallt yn sych wrth gerdded i lawr y grisiau tuag ati.

Pennod 15

CERDDODD Siôn yn droednoeth ar draws llawr y gegin, a sylweddolodd Anna ei bod yn rhythu ar ei draed ac yn gwenu.

'Dyma i ti jersi hefyd.'

Gosododd Siôn y lliain gwlyb ar gefn cadair a rhoi'r jersi amdano. Tynnodd liniadur o'i fag.

'Dwi wedi dod i ddangos llunia i chi.'

Gosododd y gliniadur ar y bwrdd pîn a'i agor. Heb ofyn, agorodd Anna botel o win coch a'i gosod hi, ynghyd â dau wydryn, ar y bwrdd. Eisteddodd wrth ei ochr ac edrych ar lun ar ôl llun o'r ymweliad â Fienna.

Roedd merch ifanc mewn amryw o'r lluniau.

'Dy gariad?' gofynnodd Anna o'r diwedd gan na chynigiodd Siôn unrhyw esboniad.

'Na, fy chwaer. Mali.'

'Wyddwn i ddim fod gen ti chwaer. Mae hi'n dlws.'

'Hanner chwaer,' atebodd Siôn fel pe bai'n esbonio rhywbeth. Ond ni allai Anna ddweud ai esbonio'r ffaith nad oedd wedi sôn amdani tan rŵan oedd o, neu esbonio'r ffaith ei bod yn dlws.

Yn y llun nesaf, roedd Mali'n eistedd wrth fwrdd mewn caffi'n sgwrsio efo gwraig ganol oed, drwsiadus. Roedd sgidiau, bag a beret y wraig yn cyd-fynd â'i gilydd, a chi bach gwyn yn gorwedd wrth ei thraed.

'Tante Adèle,' meddai Siôn gan chwerthin. 'Wnaethon ni ddim dod i wybod ei henw iawn hi, ond roedd Mali a finna'n sicr mai Tante Adèle oedd hi. Neu, yn hytrach, merch Tante Adèle: mae'r hen wraig wedi hen farw, wrth gwrs.'

'Ond doedd gan Tante Adèle ddim merch. Dyna pam y trosglwyddwyd y rysáit i Ioan,' atebodd Anna gan ymuno yn yr hwyl.

'Roedd hi yn Awstralia pan fu farw ei mam. Dyna pam roedd hi'n sgwrsio efo ni. Roedd hi isio ailddysgu'r rysáit teuluol.'

'Ac mi roeddat ti'n ei gofio?'

'Wrth gwrs. Ond gwrthod wnaethon ni.' Cliciodd Siôn y llygoden er mwyn symud ymlaen at y llun nesaf – llun o gefn y wraig yn ei chot ddu, a'i bag a'i beret a'i sgidiau cochion, a'r ci bach gwyn wrth ei sawdl yn cerdded i ffwrdd i lawr lôn gul. 'Dacw hi'n mynd, wedi pwdu efo ni,' chwarddodd.

Tywalltodd Anna ragor o win, gan golli chydig ohono wrth chwerthin.

'Mi arhosi di i gael tamaid o fwyd?'

Prin ei fod yn gwestiwn.

'Dwi wedi rhoi dillad glân ar y gwely yn llofft Dylan...' Teimlai'r geiriau'n lletchwith yn ei cheg.

A dyna pryd yr esboniodd hi am Dylan. Aeth yn hwyr iawn ar y ddau'n bwyta, ac yn hwyrach fyth ar Siôn yn mynd i'w wely, gan adael Anna'n eistedd ar ei phen ei hun o flaen y tân. Eisteddodd yno'n hollol lonydd a distaw yn y gadair, yn gwrando ar sŵn rhywun yn symud mewn rhan arall o'r tŷ, a cheisiodd gofio'r tro diwethaf i hynny ddigwydd. Am eiliad, daeth ysfa drosti i redeg i fyny'r grisiau a gofyn iddo fynd i gysgu i'w llofft hi, ac y byddai hi'n mynd i'r gwely bach; neu'n well byth y byddai'n gadael y gwely bach yn wag a hithau'n cysgu ar y soffa. Estynnodd am y botel wisgi a diflannodd yr ysfa a daeth rhyw deimlad cynnes yn ei le.

Doedd hi ddim yn credu bod yna neb wedi cysgu yn ystafell Dylan ers iddo farw. Roedd y ffaith honno'n ei syfrdanu. Roedd hi'n hollol sicr nad oedd yn benderfyniad bwriadol ganddi. Daeth ambell ffrind i aros yn y blynyddoedd cynnar, a'r rheini'n dewis bod yn sensitif a chysgu ar y soffa yn hytrach nag yn y llofft llawn teganau. Yna cliriwyd y teganau, rhoddwyd paent gwyn dros y glas a newidiwyd y llenni flynyddoedd yn ôl. Ond erbyn hynny doedd 'na neb yn galw ac yn aros dros nos. Ni fu'n rhaid i Anna ystyried sut y byddai'n teimlo wrth gael person arall yn cysgu yn llofft Dylan. Tan heno.

Taswn i wedi symud tŷ, meddyliodd, fyddai dim o hyn yn berthnasol. Cofiodd am y diwrnod – ychydig flynyddoedd ar

ôl iddi gael gwybod mai hi oedd unig berchennog Nant yr Aur
– pan aeth i lawr i'r dre, a cherdded heibio ffenestri tri asiant
tai yn trio dewis rhyngddynt. Aeth yn ôl at y cyntaf ohonynt,
gan mai gan hwnnw roedd drws wedi'i beintio'n goch siriol ac
arno fwlyn pres gloyw. Cerddodd i mewn a gwenu'n betrusgar
ar y ferch ifanc y tu ôl i'r ddesg.

'Dwi am werthu fy nhŷ.'

Gwenodd y ferch arni a'i gwahodd i eistedd gyferbyn â
hi. Gwnaethpwyd yr holl drefniadau, a threfnwyd dyddiad
i 'Steve – fo sy'n ymweld â'r *properties* i gyd' ddod draw.
Esboniodd y ferch y byddai angen i Steve fesur yr ystafelloedd,
tynnu lluniau a chreu disgrifiad deniadol o'r eiddo.

'Tueddu i beidio â deud *remote* ydan ni y dyddia 'ma. Mae
secluded yn swnio'n well, tydi?'

Gwenodd y ddwy ar ei gilydd eto.

Yna aeth Anna adref ac eistedd am amser hir ar y rhiniog
heb agor y drws. Er ei bod wedi rhoi'r gora i smygu y munud
y sylweddolodd ei bod yn feichiog, daeth ysfa gref drosti am
sigarét arddegol. Roedd yn ymwybodol o'r bwa o gerrig ar eu
cyllyll uwch ei phen, y cerrig a edrychai fel pe gallent lithro'n
rhydd mor rhwydd, ac eto doedd yr un ohonynt yn gallu symud
modfedd o'i lle. Cododd, a rhoi ei llaw ar y glicied – a theimlo
ton o ryddhad wrth i honno ildio'n rhwydd a'r drws yn agor.
Aeth yn syth at y ffôn ac esbonio nad oedd angen i Steve ddod
draw, ei bod wedi newid ei meddwl. Darbwyllodd Anna'r ferch
efo'r wên – gwên oedd i'w gweld dros y ffôn, hyd yn oed – y
byddai'n sicr o gysylltu â hwy petai'r sefyllfa'n newid. Yna aeth
i'w gwely er nad oedd ond pump y pnawn.

Oedd, roedd hi wedi ystyried gwerthu wedi hynny – pan

oedd arian yn brin, pan oedd y gaeafau'n hir a gwlyb, pan edrychai ar groen ei dwylo a sylweddoli ei bod yn heneiddio a heb fentro i unrhyw le i wneud unrhyw beth, a dwywaith yn y gorffennol pan gynigiwyd arian da iddi. Ond doedd ond angen iddi gofio'r ofn a brofodd y diwrnod hwnnw wrth eistedd ar y rhiniog, ofn y byddai drws Nant yr Aur wedi'i gloi iddi eto fel y bu am flynyddoedd cyn iddi gyfarfod Ioan, a byddai'n rhedeg ei llaw ar hyd y mur agosaf ac yn anghofio'r syniad.

Cywirodd ei hun – roedd hi wedi cael cynnig am Nant yr Aur deirgwaith, wrth gwrs. Od sut y bu iddi anghofio cynnig Siôn. Doedd y dyn a sgwennodd y llythyr ati wythnosau'n ôl ddim fel petai o yr un person â'r gŵr ifanc oedd yn cysgu rŵan i fyny'r grisiau. Doedd yr un o'r ddau wedi sôn gair am y llythyr. Am eiliad, teimlai Anna fel pe bai ar fin cyfogi. Bwyta'n hwyr, cymysgu'r grawnwin â'r grawn, meddai wrthi'i hun. Ond gwyddai nad dyna oedd yn bod.

Cerddodd i fyny'r grisiau yn araf ac oedi wrth ddrws llofft Dylan. Doedd dim smic i'w glywed. Daeth syniad dwl i'w phen mai rhith oedd Siôn. Ond gwyddai y byddai yno yn y bore, a phenderfynodd y byddai'n ffarwelio ag ef bryd hynny. Doedd o'n neb iddi hi, ac os oedd o'n byw mewn gobaith y byddai hi'n ailfeddwl, yna roedd yn gwastraffu'i amser. Ildiodd i demtasiwn ac agor drws y llofft yn araf ac yn ddistaw. Syllodd ar y pen cyrliog ar y gobennydd, a safodd yno am ychydig yn gwrando ar sŵn anadlu rhywun arall.

Pennod 16

ROEDD Anna wedi codi o flaen Siôn. Gallai ei glywed yn chwyrnu'n ysgafn wrth iddi basio drws y llofft, a gadawodd iddo gysgu. Roedd hi'n dal yn rhy gysglyd i drio gwneud synnwyr o'r gymysgedd od o feddyliau chwil a ruthrai drwy'i meddwl y noson cynt, ac fe fyddai cael paned ar ei phen ei hun yn braf. Newydd roi'r tegell i ferwi oedd hi pan gerddodd Emyr i mewn.

'Ti'n iawn?'

'Ydw. Pam? A bore da i titha.'

'Gweld gola yn ffenest y llofft arall yn hwyr neithiwr.'

'Panad, Emyr?' meddai gan droi ei chefn ato. Yna tosturiodd wrtho. 'Roedd 'na rywun yn aros yma.'

Cyn iddi allu esbonio rhagor, cerddodd Siôn i mewn i'r ystafell. Gosododd Anna'r tebot yn ofalus ar ganol y bwrdd.

'Siôn, Emyr. Emyr, Siôn.'

Dim ond wrth iddi ddweud hyn y cofiodd fod Siôn wedi dweud wrthi ei fod wedi cyfarfod Emyr. Edrychodd ar eu hwyneb, y ddau ohonynt yn gwenu'n gyfeillgar, os ychydig yn ffurfiol ar ei gilydd. Efallai nad oedd o wedi dweud iddo gwrdd ag Emyr o'r blaen. Yn achlysurol y dyddiau yma roedd hi'n amau ei chof, yn ansicr a oedd rhywbeth wedi digwydd ai peidio. Yn blentyn, byddai'n aml yn cael teimlad cryf o *déjà vu*. Bron nad oedd hyn y gwrthwyneb iddo. Byddai'n meddwl rhywbeth, neu hyd yn oed yn dweud rhywbeth, ac yna'n syth bron yn grediniol mai wedi dychmygu'r rhywbeth hwnnw yr oedd hi.

Torrodd ddwy dafell arall o fara i wneud tost, ac edrych eto ar y ddau oedd yn eistedd wrth y bwrdd. Na, doedd dim i awgrymu eu bod yn adnabod ei gilydd.

'Chdi sy'n gyfrifol am y ffaith fod Siôn yma, 'sti, Emyr. Ti'n cofio postio llythyr i mi chydig yn ôl? Roedd Siôn wedi gwneud cynnig i brynu'r lle 'ma.'

'Gwrthod 'y nghynnig i nath hi!' meddai hwnnw efo gwên, gan ymestyn am dafell o dost a oedd eisoes ar y bwrdd, a thaenu menyn a marmalêd yn dew arni.

Trodd Emyr y siwgr yn ei de'n bwyllog. 'Be mae hogyn ifanc fatha chdi isio efo lle anghysbell fel hyn?' holodd.

Daliodd Anna ati i stwna â'i chefn atynt a gwrando. Roedd llais Emyr yn hollol ddiemosiwn. Doedd dim beirniadaeth na gwatwar yn y cwestiwn, dim byd ond holi diffuant. Cnodd Siôn ei dost am eiliad neu ddwy cyn ateb.

'Weithiau mae rhywun yn cymryd at le am resymau sydd ddim yn rhesymau ymarferol. A mwya sydyn mae gen i arian ...'

Sychodd Anna gwpan yn boenus o araf. Roedd hi'n awyddus i Emyr holi rhagor. Mae'n rhaid ei bod hi, neu fyddai hi ddim wedi cyfeirio at y llythyr. Na, doedd hi ddim eisiau iddo holi rhagor. Pe byddai hi am wybod mwy am gymhelliad Siôn, fe fyddai wedi'i holi fo ei hun, oni byddai?

'Digon teg,' meddai Emyr yn bwyllog. ''Run fath â merched, am wn i – ti'n cael dy ddenu at un benodol am resymau od. Ac wedyn ...'

Oedodd. Penderfynodd Anna nad oedd hi eisiau'r holl athronyddu yma yn ei chegin ben bora.

'Ga i ofyn i chi'ch dau wneud cymwynas â mi, gan eich bod chi yma efo'ch gilydd? Fysach chi'n gallu symud y fainc sy ym mhen draw'r ardd, a'i rhoi hi yn y sied? Mi ro i got o baent iddi ar ôl iddi sychu'n iawn. Ond mae hi'n drwm, ac mae angen dau i'w chario hi.'

Hen fainc oedd hi, ffrâm o haearn bwrw ar ffurf rhedyn ar y ddau ben, ac estyll pren yn eu cysylltu. Roedd Ioan wedi digwydd bod mewn rhyw dref lan môr pan oedd yr adran hamdden yn moderneiddio popeth, a dwsinau o'r hen feinciau ar y prom yn barod ar gyfer y dyn sgrap. Rhoddodd gildwrn i'r gweithwyr, a daeth â'r fainc – neu'r darnau haearn bwrw, o leia – adref yng nghefn y car. Gosodwyd estyll newydd ani a pheintiwyd y cyfan yn wyrdd tywyll.

Roedd angen ei hailbeintio bob ryw dair blynedd, a bu'n draddodiad o'r cychwyn ei bod yn cael ei pheintio mewn lliw gwahanol bob tro. Doedd dim arwyddocâd arbennig i'r lliw a ddewisid. Bu'n ddu am gyfnod, chydig flynyddoedd yn ôl, am fod Emyr wedi bod yn peintio reilins y capel ac roedd 'na baent dros ben. Cofiai Anna pa mor falch oedd hi o'r paent du hwnnw. Er ei bod yn gweithio yn y ganolfan arddio ar y pryd, roedd arian yn brin. Allai hi ddim esbonio pam bod gweld y paent glas yn plicio oddi ar y fainc, a hithau heb arian i'w hailbeintio, yn ei phoeni gymaint – ond roedd o. Ar ôl i'r paent sychu mi eisteddodd hi ac Emyr yn yr haul ar y fainc ddu smart gyda gwydriad o win ysgawen yr un.

'I'r Hen Gorff, a'u reilins duon!'

'I'r Hen Gorff!'

Trawyd y gwydrau yn erbyn ei gilydd, ac eisteddodd y ddau mewn tawelwch am ychydig yn sipian y gwin.

'Mi ddylat ti ddod i'r capal, Anna.'

'Ddylwn i? Pam, dŵad?'

'Oherwydd…'

'Mynd o ran arferiad wyt ti. Mynd i gadw cwmni i Dora. Ac mae Dora'n mynd am bod hi'n licio canu.'

'Falla dy fod ti'n iawn.'

A gadawyd y sgwrs yn fanna. Doedd Anna ddim yn siŵr a oedd Emyr yn dal i fynd i'r capel ai peidio. Wyddai hi ddim a oedd Siôn yn mynd i gapel neu eglwys. Trodd, gan feddwl gofyn i'r ddau. Ond roedd y naill a'r llall wedi mynd, wedi codi'n ddistaw gan adael y bwrdd yn wag. Eisteddodd Anna i lawr lle bu Siôn yn eistedd, tywallt hanner paned lugoer iddi hi'i hun, a rhythu ar y briwsion ar y bwrdd o'i blaen.

Pennod 17

CODODD Anna ei phen ac edrych drwy'r ffenest. Gallai weld y ddau ddyn yn cario'r fainc i fyny i'r sied. Roeddent yn wynebu'i gilydd – Emyr yn bagio'n araf gan ei fod yn gyfarwydd â'r tir, a Siôn ar yr ochr isa'n cymryd mwy o'r pwysau. Byddai'n rhaid cael paent, ond doedd yna ddim brys – roedd angen i'r fainc sychu'n iawn i ddechrau. Nid dyma'r amser i'w pheintio, a dweud y gwir. Fe ddylai fod wedi gwneud ymhell cyn iddi gael y godwm. Neu hyd yn oed flwyddyn yn ôl.

Penderfynodd y byddai'n gadael i Siôn ddewis y lliw tro 'ma. Neu Emyr efallai. Roedd gan Emyr fwy o hawl i wneud. Roedd o wedi eistedd ar y fainc gynifer o weithiau. Os oedd hi'n braf, tueddu i fynd i eistedd ar y fainc yng ngwaelod yr ardd o olwg y byd fyddai'r ddau ar y dyddiau hynny pan oedd Anna'n falch o gwmnïaeth ac Emyr yn falch o gwmni distaw.

Sylweddolodd Anna nad oedd hynny wedi digwydd ers blynyddoedd bellach – mae pob perthynas yn newid meddyliodd, neu efallai nad oedd o'n ddim byd mwy cymhleth na'r ffaith fod yfed paned yn y gegin yn apelio mwy at ddau oedd yn heneiddio.

Daeth y ddau ddyn yn ôl i mewn i'r gegin a golwg fodlon ar eu hwynebau.

'Panad arall?' holodd Anna, gan fynd ati i ail-lenwi'r tegell.

'Na, dwi am fynd, diolch, Anna.'

Cododd Siôn ei fag oddi ar lawr, a chyn iddi allu dweud mwy na 'hwyl fawr' wrtho roedd wedi camu drwy'r drws. Safai Emyr yng nghanol y gegin fel pe bai'n methu penderfynu be i'w wneud.

'Mi gymeri di banad arall?'

Gosodiad oedd o, yn hytrach na chwestiwn, ac fe eisteddodd Emyr wrth y bwrdd unwaith eto fel petai'n falch fod y penderfyniad wedi'i wneud drosto. Gwthiodd Anna'r bowlan siwgr yn nes ato a thywallt paned arall o de iddi hi'i hun.

'Wel?' meddai Emyr ar ôl rhyw funud neu ddau.

'Wel, be?'

Gallai Anna weld Emyr yn petruso, yn chwilio am y geiriau iawn.

'Ti 'di cymryd at yr hogyn ifanc 'na?'

'Do. Mae o'n hogyn iawn.'

Yna edrychodd Anna ar draws y bwrdd a rhythu ar y dwylo llydan oedd yn chwarae efo llwy de yn y bowlan siwgr – yn creu mynydd ac yna'n ei chwalu, cyn ei ail-greu a'i ailchwalu. Roedd y mymryn blew ar ei fraich, y darn oedd yn y golwg yn y bwlch rhwng ei grys a'i arddwrn, yn britho. Emyr oedd o. Ac ni fu cyfrinach rhyngddynt erioed.

Dechreuodd drio esbonio'r gybolfa o deimladau chwil oedd wedi mynd trwy'i phen y noson cynt. Sylweddolodd nad oedd yn gwneud synnwyr i Emyr heb iddi adrodd y ffeithiau moel i ddechrau – llythyr Siôn, y diwrnod y galwodd am y tro cyntaf, y ffaith nad oedd yr un o'r ddau wedi sôn gair wedyn am ei gynnig i brynu Nant yr Aur. Oerodd ei the wrth iddi siarad. Cododd Emyr i wneud paned ffres. Pan eisteddodd i lawr eto symudodd Anna'r bowlan siwgr o'i gyrraedd unwaith roedd wedi rhoi peth yn ei de.

'Rho'r gora iddi hi.'

'Wyt ti isio gwerthu?'

'Nagoes. Ti'n gwbod yn iawn mai fama fydda i bellach.'

'Ond?'

'Ond be?'

Estynnodd Emyr am y siwgr a rhoi'r mymryn lleia ychwanegol yn ei de i gyfiawnhau'r ffaith ei fod am ailddechrau chwarae efo fo. Edrychodd yn ofalus ar wyneb Anna.

'Mae 'na *ond*, on'd oes?'

'Dwi'n mwynhau ei gwmni o, dwi'n licio'i gael o yma. Petawn i ddim yma mi hoffwn i feddwl…'

Aeth hi ddim pellach. Doedd hi ddim am ddweud yr hyn nad oedd hi hyd yn oed wedi ei feddwl tan ryw eiliad neu ddwy yn ôl.

'Ia, wel, bydd yn ofalus, Anna.'

'Gofalus?'

'Dwi ddim isio chdi gael dy frifo. Dyna'r cwbl.'

Rhedodd Emyr y llwy ar hyd wyneb y siwgr nes ei fod yn berffaith wastad.

'Rhaid i mi fynd. Ddo i draw fory.'

Atebodd Anna mohono. Dim ond gwenu a gadael i'r geiriau 'ddo i draw fory' loetran yn ei phen. Sawl gwaith roedd Emyr wedi dweud y geiriau hynny yn y gegin yma, tybed? Doedd o erioed wedi eu dweud heb gadw at ei air.

'Ddo i draw fory,' fuodd hi bob dydd ar un cyfnod. Ddim yn syth ar ôl marwolaeth Dylan, ond rhyw chydig flynyddoedd wedyn pan oedd Ioan o gwmpas yn llai a llai aml, a phawb arall yn meddwl bod y galar gwaethaf drosodd. Ond fe fyddai Emyr yn meddwl am ryw esgus tila i alw ryw ben bob dydd, ac Anna'n aml yn codi o'i gwely mewn cywilydd wrth glywed sŵn y Landrover yn nesáu. Wnaeth o erioed sôn gair am y llestri budron yn y sinc, na'r ffaith ei bod yn gwisgo'r un dillad â'r diwrnod cynt a'r diwrnod cyn hynny a bod y gath yn amlwg heb gael ei bwydo. Ond gwyddai Anna ei fod yn sylwi. Twmffat oedd enw'r gath, cwrcath mawr brith a oedd mewn egwyddor i fod i ddal llygod. Ond gan nad oedd y llygod yn dod ato fo, a gorwedd yn llywath yn ei ddysgl, roeddent yn hollol saff.

Tybed a fyddai Emyr yn penderfynu cyn siarad a oedd o'n bwriadu dod draw y diwrnod wedyn neu beidio, ac yna'n dweud wrthi? Neu a oedd o'n gadael i'r geiriau ddod allan o'i geg ar hap a damwain – ddo i draw fory, wela i di rywbryd, mae'n siŵr y galwa i cyn diwedd yr wythnos – ac yna'n cadw'i air? Roedd 'na wahaniaeth pwysig rhwng y ddau beth, roedd Anna'n siŵr o hynny, ac eto allai hi ddim dirnad yn union be oedd y gwahaniaeth na pham ei fod yn bwysig. Y cyfan a wyddai oedd y gallai ddibynnu ar Emyr.

Pennod 18

ROEDD y rhestr o bethau roedd Anna'n bwriadu eu gwneud ar ôl cael tynnu'r plastar ac ar ôl cael taflu'r baglau'n tyfu'n hirach bob dydd. Dim byd mawr, dramatig, ond yn feunyddiol roedd 'na o leia un peth yr hoffai ei wneud ond ei bod wedi methu. Roedd y ddwy ffon fagl oedd gyda hi trwy'r adeg wedi magu eu cymeriad eu hunain, ac wedi newid o fod yn ddwy oedd yn ei chynnal ar y dechrau i fod yn ddwy hen ast oedd yn ei gwatwar.

Cofiodd fynd efo Ioan i Dreffynnon un tro, a gweld yr holl faglau a adawyd ger Ffynnon Gwenffrewi gan y cloffion a oedd wedi cael iachâd yno dros y blynyddoedd. Roedd degau ar ddegau o faglau pren, ac un pâr o faglau metel cyfoes yn eu canol. Mae'n siŵr y byddent hyd yn oed yn fwy anghyfforddus na'r rhai oedd ganddi hi, ond fe fyddai cael baglau pren wedi bod yn sbort. O leia gallai'r rheini ddiweddu'u hoes yn llosgi ar y tân. Byddai'n gallu eu llifio'n ddarnau hylaw, eu taflu i ganol y fflamau a'u gwylio'n troi'n lludw.

Babi bychan iawn oedd Dylan y diwrnod yr aethon nhw i Dreffynnon, babi bychan holliach yn cael ei gario ar ei bron mewn sling oren llachar. Pan blygodd Anna i lawr i roi ei dwylo yn nŵr iachaol y ffynnon, gollyngodd ychydig ddiferion yn fwriadol arno yntau. Cofiodd sut y bu i oerni'r dŵr wneud iddo agor ei lygaid am eiliad cyn mynd yn ôl i gysgu drachefn. Roedd yn ymwybodol bod Ioan yn ei gwylio ac yn ysu am gael dweud y gair 'ofergoeliaeth'. Efallai mai fo oedd yn iawn, neu efallai mai Gwenffrewi druan roddodd flwyddyn neu ddwy o iechyd i'r bychan.

Rhif Duw-a-ŵyr-be ar y rhestr – mynd am dro i Dreffynnon. A'r eitem nesa ar y rhestr, yn bendant, oedd mynd i gael torri'i gwallt. Roedd angen ei dorri, ond doedd o ddim yn rhywbeth digon pwysig iddi fynd ar ofyn Emyr neu Dora i'w gyrru i'r siop lle bu'n cael trin ei gwallt ers degawd a mwy, ac o'r herwydd roedd ei bwysigrwydd yn chwyddo y tu hwnt i bob rheswm. Efallai fod yna siop dorri gwallt yn Nhreffynnon. Dychmygodd ei hun yn brasgamu ar hyd y palmant at siop lle nad oedd neb yn ei hadnabod, a'r staff yno'n gwneud rhywbeth hollol wahanol efo'i gwallt. Ei lifo, hyd yn oed.

Rhoddodd y tegell i ferwi er nad oedd hi wirioneddol isio paned. Weithiau mae berwi tegell yn denu pobl, ac roedd heddiw'n un o'r dyddiau prin hynny pan oedd gan Anna awydd cwmni. Ond ddaeth yna neb – dim Landrover las, dim cerddwr mewn côt goch. Aeth i ben drws, ond doedd yna ddim hyd yn oed un o hogia Ty'n Giât allan yn y caeau iddi godi llaw arno fo.

'Arwydd drwg, Anna Morris,' meddai wrthi'i hun. 'Arwydd o henaint pan wyt ti'n galw dynion sy'n tynnu at eu deg ar hugain yn hogia.'

Aeth i yfed ei phaned ar ei phen ei hun wrth fwrdd y gegin a cheisio ailafael mewn nofel ddiddrwg, ddidda. Teimlai'n flin efo awdur honno am bentyrru ystrydebau. Roedd yn hollol amlwg be oedd yn mynd i ddigwydd, a doedd gan Anna ddim mynedd dal ati i ddarllen. Diolchodd mai anaml iawn y câi hi ddyddiau fel hyn. A diolchodd ei bod yn gallu gweld heddiw mai eithriad oedd y diwrnod yma.

Daeth atgof niwlog o'i phlentyndod iddi. Gallai glywed ffrind i'w mam yn dweud, 'Fe ddaw eto haul ar fryn' a'r ddwy ohonynt yn chwerthin wrth i Anna dorri ar eu traws a dweud bod dyn y radio wedi gaddo glaw.

Caeodd Anna'r nofel heb hyd yn oed drafferthu i gadw'i lle, ac ymestyn at switsh y radio. Ymgollodd yn sain suo cyfrin y Shipping Forecast. '...*Lundy, Fastnet, Irish Sea. Mainly east or northeast 4 or 5, occasionally 6. Slight or moderate, occasionally rough...rain later...*' Daeth hwnnw i ben a dilynwyd ef gan ddrama a lwyddodd i ddenu Anna i mewn i'w byd dychmygol. Erbyn iddi gael ei rhyddhau, gallai weld nad oedd y baglau'n ddim ond darnau o alwminiwm a phlastig.

Pennod 19

CYRHAEDDODD Siôn ryw wythnos yn ddiweddarach, a'i fag ar ei gefn fel arfer. Am eiliad, synnodd Anna fod yna bellach 'fel arfer' ac yna gadael i'r syndod lithro i ffwrdd i rywle. Yn ei freichiau cariai Siôn gawell cath wedi'i gwneud o blastig pinc, a'r sŵn mwyaf annaearol yn dod ohoni. Gosododd y gawell ar lawr gan anwybyddu protestiadau'r tenant anfoddog.

'Roedd rhywun dwi'n nabod yn chwilio am gartref iddi hi; mae ganddo fo ormod o gathod yn barod. Mae'n anodd i mi edrych ar ôl cath leni, ond meddwl o'n i...'

'Meddwl be?' meddai Anna gan blygu ora medrai hi i edrych trwy fariau pinc drws y gawell. Atebodd Siôn mohoni.

'Ifanc 'di hi?'

Fe atebodd Siôn y tro hwn. 'Chwe mis. Ond mae hi'n lân yn y tŷ.'

Bu distawrwydd rhwng y ddau am ychydig, a'r gath wedi setlo i wneud dim mwy na brygowthan yn isel dan ei gwynt.

'Mae hi'n hanner Burmese,' esboniodd Siôn. 'Dyna pam mae hi'n gneud yr holl dwrw.'

Sythodd Anna a chlywed ei dwy ben-glin yn clecian. Llenwodd y tegell â dŵr a'i osod i ferwi.

'Sgynni hi enw?'

'Maria,' atebodd Siôn gan ymlacio chydig.

Caeodd Anna ddrws y gegin a'r ffenest fechan uwchben y sinc, gan daro yn erbyn y cylch o wydr lliw a gwneud iddo siglo'n ysgafn.

'Well i ti 'i gollwng hi'n rhydd, tydi?'

Agorwyd drws y gawell a distawodd y gath. Ond symudodd hi 'run gewyn, dim ond eistedd yno'n dawel. Plygodd Siôn, yn barod i'w thynnu allan.

'Gad lonydd iddi, Siôn. Mae'n well iddi ddod allan yn ei hamser ei hun. Anwybydda hi.'

꧁

Eisteddodd y ddau am hanner awr cyn i'r gath fentro allan o'r gawell. Ac yna, wrth iddi gamu'n araf iawn a rhoi'i phawennau'n betrus ar y crawiau ar lawr y gegin, canodd ffôn Siôn yn ei fag. Cythrodd amdano, ac wrth wneud mi ddychrynodd y gath. Roedd hi wedi mentro allan yn rhy bell i droi'n ôl i'r gawell, a chymerodd un naid fawr, gan lanio ar ben y cwpwrdd ger y popty. Eisteddodd yno a'i llygaid yn fflamio.

'Helô. Sut 'dach chi?'

Prin oedd Anna'n gwrando ar sgwrs Siôn ar y ffôn.

'Wel, Maria fach. Ti'n meddwl y byddi di'n hapus yma?

Mae o'n lle iawn, 'sti. Dwn i ddim sut oedd hwn yn gwbod chwaith. Darllan 'y meddwl i.'

Parhaodd Anna i batsian siarad efo'r gath, gan ei gwylio'n araf ymlacio. Clywodd Siôn yn sicrhau pwy bynnag oedd ar ben arall y ffôn ei fod yn credu y byddai pethau'n iawn ac y byddai yn ei ffonio'r noson honno. Yna rhoddodd Siôn y ffôn yn ôl yn ei fag a throi at Anna a'r gath.

'Os 'dach chi isio, mi fedra i gynnig cartref iddi mewn rhyw flwyddyn, ond mi o'n i'n gobeithio y bysa hi'n cael aros yma am gyfnod.'

'Gawn ni weld, ia? Mi fydd hi'n iawn yma 'sti. A falla mai dewis aros yma wnei di, yntê Maria fach?'

Plygodd y gath ei phawennau'n ddestlus oddi tani ac aros ar ben y cwpwrdd yn gwylio'r bobl ryfedd oddi tani'n sgwrsio.

Gallai Anna gofio Dylan yn ymneilltuo fel hyn, yn mynd i eistedd ym mhen arall yr ystafell pan fyddai oedolion yn siarad o amgylch y bwrdd. Y darlun oedd gan Anna yn ei phen oedd rhyw achlysur pan oedd Emyr a Dora wedi dod i gael swper. Bu cyfnod byr o wneud hynny, er mai yn y gegin y byddent yn bwyta, nid wrth y bwrdd derw. Roedd Dylan yn mwynhau bwyta mewn cwmni ond ar ddiwedd y pryd roedd sgwrs yr oedolion y tu hwnt iddo, doedd neb yn cymryd llawer o sylw ohono, ac eto doedd o ddim am fynd i ystafell arall at ei deganau. Byddai'n eistedd yn ei gwrcwd a'i gefn yn erbyn y wal yn eu gwylio, yn gwrando heb ddeall. Emyr fyddai'r un a gymerai sylw ohono gyntaf a chynnig chwarae efo ceir bach neu ddarllen stori iddo. Ond efallai mai Emyr oedd y cyntaf i ddiflasu ar sgwrs yr oedolion. Byddai'n symud oddi wrthynt ac yn mynd at y plentyn ar y llawr, ond er gwaetha'r ffaith ei fod yn ymddangos fel pe bai wedi ymgolli yn y dasg o osod holl geir bach Dylan mewn rhesi taclus, gwyddai Anna fod Emyr, fel Maria ar ben y cwpwrdd, yn gwylio ac yn gwrando.

Fe gymerodd y gath amser hir i benderfynu be i'w wneud. Dim ond ar ôl i Siôn fynd ac i Anna symud i'r ystafell arall y mentrodd i lawr o'r cwpwrdd. Ond unwaith roedd hi wedi dod i lawr cerddodd yn hollol hyderus o'r gegin i chwilio am Anna. Roedd Anna'n rhawio lludw oer o waelod y grât i focs plastig bas, ond tynnwyd ei sylw gan y sŵn mewian anarferol.

'Ti'n meddwl y byddi di'n hapus yn Nant yr Aur, Maria? Mae o'n lle da, 'sti.'

Edrychodd y gath yn amheus arni.

'Ia, bwyd. Nath o ddim meddwl am hynny, naddo. Hogia! Nac am y ffaith y bydd yn rhaid dy gadw di i mewn yn y tŷ am wythnos. Ond mi ddown ni i ben.'

Edrychodd Anna ar y bocs llawn lludw.

'Gobeithio y dallti di i be mae hwn yn dda. A gobeithio y byddi di'n fodlon byta tiwna am ddiwrnod neu ddau.'

Gyda blaen ei bagl, gwthiodd y bocs lludw i gornel yr ystafell. Aeth yn ôl i'r gegin, agor tun o diwna a'i osod mewn soser. Cerddodd Maria ato, ei arogli, ac yna troi a cherdded i ffwrdd a neidio'n ôl i ben ei chwpwrdd gan edrych yn gyhuddgar ar Anna.

'Tiwna neu lygod neu lwgu, 'mach i.'

Ond roedd y gath wedi cau ei llygaid ac wedi rhoi'r gorau i wrando ar Anna. Roedd Ioan yn gallu gwneud hynny. Pan oedd o'n gwrando, doedd yna ddim gwell gwrandäwr na fo yn yr holl fyd. Byddai'n hoelio'i sylw ar Anna gan ofyn cwestiwn bob hyn a hyn, cwestiwn a ddangosai ei fod wedi bod yn gwrando'n astud. Anaml y byddai'n cynnig barn, os nad oedd y pwnc dan sylw'n ymwneud yn uniongyrchol efo fo. Ond byddai ateb ei gwestiynau byr yn galluogi Anna i weld unrhyw anghysondeb, neu annhegwch, neu broblemau cudd mewn sefyllfa.

Ond os oedd hi'n trafod rhywbeth na fynnai Ioan ei drafod, neu os oedd rhywun arall yn trafod rhywbeth oedd yn ei ddiflasu, byddai'n cau ei llygaid, a hynny'n aml yn llythrennol. Ni fyddai'n codi a symud i ffwrdd. Doedd dim angen iddo wneud hynny – roedd yn gallu ymneilltuo yn ei feddwl i ryw fan lle na fyddai neb arall yn gallu'i gyffwrdd.

Doedd yr agwedd yma ar gymeriad Ioan yn poeni dim ar Anna. Roedd hi, fel pawb arall a gafodd blentyndod anhapus, wedi hen feistroli'r grefft ei hun. Ac o'r herwydd doedd gweld Ioan yn achlysurol yn dewis, ac yn llwyddo, i beidio â gwrando ddim yn fygythiad iddi. A beth bynnag anaml iawn y byddai'n digwydd, yn y blynyddoedd cynnar o leiaf.

Pennod 20

FE FFONIODD Dora'n gynnar y bora wedyn. Roedd hi'n mynd i nôl neges. Oedd Anna isio rwbath? Dim trafferth o gwbl, ond sori doedd ganddi ddim amser i ddod fyny i nôl Anna i fynd â hi efo hi, a beth bynnag roedd hi wedi gaddo galw i weld...

Gwrandawodd Anna, neu yn hytrach ni wrandawodd ar holl fanylion yr hyn roedd Dora'n bwriadu'i wneud y bore hwnnw. Pan ddaeth y llith i ben, ac fe wyddai fod hynny wedi digwydd gan i Dora ailadrodd y cwestiwn gwreiddiol, gofynnodd Anna iddi a fyddai'n fodlon dod ag ychydig duniau o fwyd cath.

'Ond sgen ti'm cath, Anna. I be ti isio bwyd cath? A pha fath?'

'Oes mae gen i. Ac am wn i ei bod hi'n byta unrhyw fwyd cath. Diolch yn fawr i ti, Dora.'

Rhoddodd Anna'r ffôn yn ôl yn ei grud gan sibrwd y gair 'gras' wrthi hi'i hun. Ac yna cofiodd fod ganddi rywun arall yn y tŷ i sgwrsio efo fo rŵan. Neu o leia roedd 'na rywun i wrando. Syllai'r llygaid melyn o ben y cwpwrdd heb ddangos unrhyw emosiwn wrth i Anna fynegi'i barn am forffoleg neu gymeriad Dora.

'Mae'i chalon hi yn y lle iawn, 'sti.'

Taflodd Anna y tiwna oedd yn dechrau sychu yn y soser i'r bin.

'Ac mi fydd hi wedi dod â bwyd cath i ti cyn diwedd y dydd. Gymeri di lefrith?'

Mi gyrhaeddodd Dora ymhell cyn diwedd y dydd. Gorffen ei chinio oedd Anna ar y pryd. Roedd hi wedi berwi wy iddi hi'n hun, ac ar ôl gorffen ei fwyta wedi troi'r plisgyn gwag ben i waered yn y gwpan wy fel ei fod yn ymddangos fel pe bai heb ei gyffwrdd. Trodd y plisgyn yn ôl fel ag yr oedd o wrth glywed Dora'n iw-hwian trwy'r drws.

'Dwi 'di dod â thun neu ddau o fwyd cath, a bocs o fwyd sych, a rhai o'r amlenni bach 'na. Wyddost ti ddim be mae hi wedi arfar efo fo, medda chdi, ac mae cathod yn gallu bod yn hen betha misi ac...'

'Panad, Dora?'

Eisteddodd Dora wrth y bwrdd, a thra oedd y tegell yn berwi tywalltodd Anna ychydig o'r bisgedi cath i mewn i sosar. Roedd hwnnw'n amlwg yn sŵn cyfarwydd i Maria – neidiodd i lawr oddi ar ei chwpwrdd, cerdded draw at ei soser a dechrau byta'n awchus. Sylwodd Anna fod Dora'n gwenu.

'Ti'n amlwg wedi gneud y dewis iawn,' meddai wrthi.

Lledodd y wên.

'Dwi'n gwneud weithia.'

Am eiliad, doedd y llais ddim yn cyd-fynd yn hollol efo'r wên. Clywodd Anna bob manylyn o ymweliad Dora â'r dre, a straeon am y ddau ŵyr, a chymhlethdod rhyw jersi roedd hi'n ei gweu i un ohonynt. Ond gwyddai o'r dechrau fod yna rywbeth arall ar ei meddwl. Eisteddodd yn amyneddgar ac yfed gormod o de.

'Ti'n gweld Emyr yn debyg iddo fo'i hun, Anna?'

Teimlodd Anna ryw lwmp calad, oer rywle yng ngwaelod ei sgyfaint. Roedd y syniad bod Emyr yn wael yn llacio ryw sylfaen ddofn iawn ynddi hi. Roedd hi'n ei gofio'n cael y ffliw unwaith, ddegawdau'n ôl, ac yn ei gofio'n torri'i arddwrn wrth lwytho rhyw fustach anystywallt. Ond dyna'r cwbl.

'Ydi o'n sâl?'

'Duwes, nac 'di, mae'i gorff o'n iawn.'

Syllodd Dora trwy'r ffenest am funud cyn mynd yn ei blaen.

'Ond mae 'na rywbeth yn ei boeni o.'

Er mawr syndod i'r ddwy gadawodd Maria ei soser a neidio ar lin Dora.

'Ti'n gwbod mai dy Anti Dora sy'n prynu bwyd neis i ti, dwyt 'y mach i. Lwcus 'de, a hon ar ei bagla'n methu mynd i nunlle. Ydi o wedi dweud rwbath wrthat ti, Anna? Dwi'n gwbod weithia 'i fod o'n sgwrsio efo chdi am betha neith o mo'u trafod adra.'

'Nac ydi,' atebodd Anna'n bwyllog a sylweddoli nad oedd hi wedi gweld Emyr ers chydig, ddim ers y diwrnod y cariodd Siôn ac yntau'r fainc o waelod yr ardd iddi hi. 'Be sy'n gneud i ti feddwl bod 'na rywbeth yn 'i boeni fo?'

'Dim byd. Bob dim.'

Mwythodd Dora'r gath nes fod honno'n agor a chau'i hewinedd ym mrethyn ei sgert mewn pleser.

'Dwi jest yn gwbod,' ychwanegodd yn dawel.

Addawodd Anna y byddai'n gadael i Dora wybod pe bai Emyr yn dweud rhywbeth wrthi. A synnodd mor rhwydd y bu erioed i addo pethau i Dora heb fod â'r un bwriad o'u cyflawni. Ond wrth wylio'r car bach coch gyda'r ddau glustog gwyrdd ar y silff gefn yn gyrru i ffwrdd, teimlodd ryw grafiad ysgafn o genfigen at y 'jest yn gwbod' tawel yna. Sylweddolodd fod yna ddegawdau o wahaniaeth rhwng hynna a'r cariad a'r ymddiriedaeth oedd rhyngddi hi a Ioan. Am hanner eiliad hollol afresymol, teimlai'n flin tuag at hogyn bach a fu farw, am iddo ladd rhywbeth arall.

Trodd yn ôl i'r tŷ at y gath.

'Falla nad ydi hi'n iawn am Emyr, 'sti.'

Doedd gan y llygaid melyn ar ben y cwpwrdd ddim barn i'w mynegi.

'Ac os oes 'na rywbeth yn ei boeni, mi ga i wybod. I fama daw o i fwrw'i fol yn hwyr neu'n hwyrach.'

Caeodd Maria'i llygaid a throdd Anna'r plisgyn wy yn ôl ben i waered yn y gwpan. Gafaelodd yn y llwy de oedd â mymryn o felynwy yn ceulo arni a chwalu'r plisgyn gwag yn rhacs.

Pennod 21

TREFNU tacsi wnaeth Anna yn y diwedd, ac wfftio'i hun am bendroni cymaint ynglŷ^n â be i'w wneud. Doedd hi ddim am ffonio Emyr a Dora. Ar ôl y sgwrs gafodd hi a Dora chydig ddyddia'n ôl, roedd 'na hedyn bach styfnig yn ei meddwl yn gwneud iddi amau bod Emyr yn ei hosgoi. Ac eto roedd hynny'n wirion. Cyfiawnhaodd ei phenderfyniad i beidio â mynd ar eu gofyn ar y sail y gallai Dora gynnig os byddai Emyr yn methu, ac fe fyddai cael Dora'n ffysian a mwydro yn yr ysbyty'n ei gyrru'n hurt. A doedd hi ddim am ofyn am ambiwlans am bob math o resymau – lot gormod o ddrama oedd y prif reswm. Felly fe ffoniodd a threfnu bod tacsi'n ei chasglu a'i hebrwng at ddrws yr ysbyty.

Bu yno'n hirach na'r disgwyl. Roedd yn rhaid cael lluniau pelydr-X o'r goes cyn tynnu'r plastar. Dyna ddywedodd y Gwyddel ifanc, nage, cywirodd ei hun, Gwyddel canol oed oedd Dr Toibin. Syllodd Anna dros ei ysgwydd ar y lluniau o'i hesgyrn ei hun. Roedd popeth yn edrych yn iawn, meddai wrthi, a'r crac yn yr asgwrn yn ymddangos fel pe bai wedi asio'n llwyr. Diolchodd Anna mai anaf syml oedd o. Roedd lluniau o goes rhywun arall yn dal ar y bwrdd golau, a gwelai fod pìn fechan yn dal esgyrn honno neu hwnnw at ei gilydd. Roedd hi'n falch nad dyna oedd ei hanes hi. Edrychodd eto ar y llun o'i hesgyrn ei hun.

Ac yna daeth nyrs siriol, dyn ifanc oedd hwn, i dynnu'r plastar a'i wthio'n ddiseremoni i fin sbwriel, a gallai Anna weld ei choes am y tro cyntaf ers wythnosau ac wythnosau. Roedd y croen yn wyn ac yn sych.

'Fe fydd hyn dipyn brafiach i chi – ond dim dawnsio am

chydig bach!' meddai'r nyrs yn gellweirus. Gwthiodd Anna'r daflen gyfarwyddiadau i'w phoced.

A dyna fo. Gan ddibynnu tipyn llai ar y baglau, cerddodd Anna allan o'r ystafell ac ar hyd y coridor. Roedd ei choes yn teimlo'n rhyfedd. Gwnaeth alwad ffôn i drefnu bod y tacsi'n dod i'w chasglu, aeth i gael paned yn y caffi ger y cyntedd. Gofynnodd am gacen siocled fechan i ddathlu, ac aeth i eistedd wrth fwrdd yn y gornel a'i chefn at y wal. Ysai am fod 'nôl adra. Y cyfan oedd hi eisiau ei wneud, cyn iddi dywyllu, oedd cerdded o amgylch y tŷ – cerdded o'i amgylch yn llythrennol. Troi i'r dde wrth ddod allan trwy'r drws, a cherdded gyda'r cloc nes ei bod yn ôl wrth y drws. Roedd hynny wedi bod yn amhosib i'w wneud gyda'r plastar ar ei choes. Neu o leia doedd hi ddim am fentro bryd hynny. Roedd yna ddarn yn y cefn lle'r oedd y graig yn cyffwrdd â'r tŷ. Cofiai esbonio, hanner o ddifri, wrth Ioan.

'O'r fan yma y tyfodd y tŷ, ti yn deall hynny'n dwyt?'

'A phryd oedd hynny?'

'Amser maith yn ôl, pan oedd 'na ddynes dda angen cartref i'w theulu. Mi eisteddodd yn fama, yn union lle dwi rŵan, a dechrau disgrifio'r tŷ.'

'Biti ar y diawl 'sa hi wedi cofio sôn am ddrws cefn.'

'Ac wrth iddi hi ei ddisgrifio, mi dyfodd y lle. Ac yma y bu hi a'i theulu'n byw hyd nes...'

'Hyd nes be?'

Roedd Ioan yn gwenu arni, bron nad oedd o'n chwerthin. Atebodd Anna ef heb arlliw o wên ar ei hwyneb.

'Dwi ddim yn gwybod. Mae'n rhaid ei fod yn rhywbeth erchyll i wneud iddi fynd oddi yma – pla a thrais a brad.' Yna ymlaciodd hitha. 'Gwir bob gair 'sti!'

A heno, cyn iddi fynd i'w gwely, fe fyddai'n cerdded o amgylch Nant yr Aur ac yn eistedd ar y graig a esgorodd ar y tŷ amser maith yn ôl, mewn cyfnod pan nad oedd dynion yn wfftio at hud a lledrith. Cododd gan orffen ei phaned, gwasgu'r papur oedd yn dal y gacen yn belen fechan a'i gollwng i mewn i'r mŵg gwag. Cerdded yn araf at brif fynedfa'r ysbyty i aros am y tacsi.

Er ei bod yn dywydd braf pan gychwynnodd o Nant yr Aur, roedd hi'n cymylu rŵan a'r gwynt yn codi'. Trawodd diferyn neu ddau o law yn erbyn ei boch, a gwelodd y tacsi coch yn parcio'n dwt gyferbyn â'r fynedfa. Cymerodd y gyrrwr ei faglau, ac eisteddodd hithau yng nghefn y car gan ymhyfrydu yn y gwres a'r gerddoriaeth bop canol-y-ffordd oedd ar y radio. Ddwedodd hi'r un gair wrth y gyrrwr yr holl ffordd i Nant yr Aur, a chafodd hwnnw'i synnu gan y cildwrn hael a gafodd gan y wraig dawedog oedd yn byw yng nghanol nunlle. Diolchodd iddi'n hollol ddiffuant.

'A' i â'r musus allan heno,' meddai.

'Ia, gwnewch chi hynna. Gobeithio gewch chi noson dda.'

Wrth iddi gerdded at y drws, gallai Anna glywed Maria'n mewian yn y tŷ.

'Dau funud, 'mach i. Mae gen i rywbeth mae'n rhaid i mi neud cyn iddi hi dywyllu.'

Cerddodd gyda'r baglau'n araf a gofalus iawn o amgylch y tŷ i'r cefn, a gostwng ei hun fel ei bod yn eistedd ar y graig fechan. Eisteddodd yno gyda'i phengliniau wedi'u codi at ei gên, a'i brechiau'n amgylchynu ei choesau. Teimlai ei chorff i gyd yn ymlacio. Syllodd ar y tŷ, ar y wal gefn ddi-ddrws o'i blaen, a ffenest fechan llofft Dylan yn union uwch ei phen, a cheisiodd ddychmygu'r lle heb y tŷ. Methodd. Roedd yn amhosib. Ceisiodd yn ei dychymyg dynnu'r llechi oddi ar y to, a thynnu'r waliau i lawr bob yn garreg, a'u gwthio'n ôl i mewn i'r llechwedd oddi tani. Ond rhoddodd y gorau iddi bron yn syth – roedd creu'r ddelwedd yn ei phen yn gwneud iddi deimlo'n anghyfforddus. Ac yna cyrhaeddodd yglaw o'r ysbyty i Nant yr Aur, a chododd Anna ar ei thraed. Yn hynod betrus aeth heibio'r graig a dal ati i gylchynu'r tŷ nes ei bod yn ôl yn fuddugoliaethus wrth y drws.

Roedd y drws heb ei gloi. Roedd ganddi hi oriad iddo, wrth gwrs, ond doedd hi ddim wedi'i ddefnyddio ers oesoedd. Agorodd y drws a'i gau'n sydyn y tu ôl iddi cyn i Maria gael cyfle i sleifio allan.

'Fory, falla 'mach i. Ti wedi bod yma'n ddigon hir rŵan, on'd do? Ac os wyt ti'n penderfynu mynd, wel, does 'na ddim byd y medra i neud i dy rwystro di, nagoes...'

Rhoddodd fwyd i'r gath a chynhesu cawl iddi hi ei hun. Diolchodd ei bod wedi bod yn ddigon trefnus i'w baratoi wrth ei phwysau'r diwrnod cynt. Ac fel pob cawl, roedd yn well yn eildwym. Rhoddodd ddarn o fara menyn yng nghanol ei dysgl a gadael i'r menyn doddi ac ailymddangos fel llygaid ar wyneb y cawl. Yna aeth i wneud rhywbeth arall y bu'n ysu am ei wneud, ac wedi methu oherwydd y plastar – aeth i redeg bath cynnes iddi hi'i hun. Ymlaciodd yn y gwres, a chael pleser anhygoel wrth symud ei choes a chreu tonnau bychain. Edrychodd ar ei bodiau ger y tapiau a thrio cofio enw llun tebyg, llun lle'r oedd pob math o bethau o fywyd y wraig dynnodd y llun, yn nofio yn nŵr y bath. Roedd Anna wedi cynnau cannwyll yn yr ystafell ymolchi ac wedi mynd â gwydraid o Glenmorangie efo hi. Ar ôl gorffen hwnnw, aeth i'w gwely. Dilynodd Maria hi i'r llofft a gosod ei hun yn dorch ar ochr oer y gwely.

Pennoꝺ 22

Y BORE wedyn, cadwodd Anna ei haddewid a gollwng Maria o'i charchar yn y tŷ. Nid trwy'r drws, ond trwy'r ffenest o flaen sinc y gegin. Roedd modd gadael honno'n agored trwy'r adeg er mwyn i'r gath allu mynd a dod fel y mynnai. Agorodd Anna'r ffenest, yna codi'r gath a'i gollwng allan drwyddi. Glaniodd Maria ar y sil ffenest, ac eistedd yno am funud yn edrych trwy'r gwydr ar ei charchar o'r tu allan. Yna, cyn iddi gael cyfle i feddwl am grwydro ymhellach, trodd Anna oddi wrthi a dechrau tywallt bisgedi cath i'w soser. Doedd Maria ddim eto wedi cael brecwast. Petrusodd am eiliad, ac yna neidio'n ôl i mewn i'r tŷ trwy'r ffenest agored, gan osgoi'r cylch gwydr lliw a daflai ei batrwm dros bopeth.

Gadawodd Anna iddi fwyta mewn heddwch, ac aeth i eistedd wrth fwrdd y gegin efo'i brecwast ei hun. Trwy'r ffenest gallai weld un o feibion Emyr yn symud defaid ar ochr arall y cwm. Edrychodd ar yr afon wen yn llifo i lawr y llechwedd, un ddafad yn torri'n rhydd am eiliad, a'r cŵn yn ei hel yn ôl at y gweddill heb iddi sylweddoli bron. Tybed a oedd Emyr wedi dod draw i helpu efo beth bynnag oedd yn digwydd? Efallai y byddai'n galw ar ei ffordd adref o Dy'n Giât.

'Mi wnawn ni gacan sunsur, Maria. Be wyt ti'n feddwl?'

Trodd y gath i edrych arni am eiliad, a gwyddai Anna pe byddai ganddi sgwyddau y gallai eu codi y byddai'n gwneud hynny â rhyw ystum Ffrengig. Gadawodd y gath y fisgeden olaf yn y soser, neidio at ymyl y sinc, ac o fanno allan drwy'r ffenest.

Erbyn diwedd y pnawn roedd Anna'n dechrau poeni. Doedd dim golwg o Maria, ac o ran hynny doedd dim golwg o Emyr chwaith. Roedd yn ymddangos fel pe bai hi wedi gwneud cacen heb fod angen. Nid bod angen gwneud cacen i Emyr, ond ar ôl y sgwrs efo Dora teimlai ryw ysfa i ddandwn Emyr, ei blesio ac edrych ar ei ôl. Aeth allan am yr eildro i alw ar y gath ac ysgwyd y bocs bisgedi'n swnllyd, ond doedd dim golwg ohoni.

Ac yna roedd Emyr yn sefyll yn y gegin.

'Clywed hogla honna o bell,' meddai gan edrych ar y gacen ar ganol y bwrdd.

'A dwi inna'n clywed dy hogla di hefyd.'

'Sori.'

A bagiodd Emyr yn ei ôl at y drws a thynnu'i drowsus oel a'i fwtsias budron. Daeth yn ôl i'r gegin ac edrych ar goes Anna heb y plastar trwm arni.

'Tipyn brafiach i ti fel'na. Gen ti waith cryfhau'r cyhyra rŵan.'

Nodiodd Anna gan ddisgwyl iddo holi rhagor am ei choes, ond wnaeth o ddim, dim ond mynd at y sinc, golchi'i ddwylo ac eistedd wrth y bwrdd.

'Chdi bia'r gath frown 'na efo'r llygaid aur?'

'Ti wedi'i gweld hi?'

'Mae hi allan yn fanna'n byta cwningen. Diawl o gath!'

Torrodd Anna ddarn hael o'r gacen iddo a'i osod yn dwt ar blât o'i flaen. Bwytaodd Emyr y gacen mewn distawrwydd, ac yna ar y diwedd pigo pob briwsionyn i fyny trwy wthio ei fys yn eu herbyn ar y plât y naill ar ôl y llall fel bod y briwsion yn glynu i'w gilydd. Holodd Anna ynglŷn â Maria, ac fel petai'r gath wedi eu clywed yn ei thrafod, neidiodd hithau i mewn trwy'r ffenest a cherdded yn syth at y drws gan fewian a mynnu cael ei gollwng trwyddo i fynd i'r llofft.

'Tydi hi ddim yn arfer mynd i'r llofft nes mod i'n mynd i 'ngwely,' meddai Anna, fel petai hynny'n esgusodi'r fath hyfdra ar ran cath.

'Un galon-feddal efo anifail fuost ti rioed. Lle gest ti afael ar honna?'

Esboniodd Anna mai Siôn oedd wedi dod â hi yno, bod ffrind iddo yn chwilio am gartref iddi a'i bod hi, Anna, wedi bod yn rhyw feddwl cael cath eto, ond heb sôn wrth neb.

'Od, yntê? Od iddo fo gyrraedd yma efo cath, a finna wedi bod yn ystyried cael cath eto.'

'Lot o betha'n od.'

Ond er iddi eistedd yn dawel am funud neu ddau, wnaeth Emyr ddim ymhelaethu. Ailddechreuodd Anna sgwrsio am fanion dibwys, ond yn rhedeg o dan ei sgwrs fel is-deitlau ar sgrin roedd y geiriau 'Mae Dora'n iawn'. Waeth i mi ofyn ddim, penderfynodd.

'Ydi bob dim yn iawn, Emyr?'

'Wel...' Petrusodd Emyr, a chipiodd Anna'r bowlen siwgr o'i gyrraedd.

'Dwi 'di clywed y rhan fwyaf o dy gyfrinacha di, Emyr Jones. Wneith un arall ddim gwahaniaeth.'

Ac mi oedd hynny'n wir. O ddau berson mor naturiol dawedog a phreifat, roeddent wedi ymddiried yn ei gilydd sawl tro. Efallai am eu bod yn sylweddoli nad âi pethau ddim pellach o'u datgelu. Ac efallai am eu bod yn sicr na fyddai'r naill am i unrhyw ddrwg ddod i ran y llall, ac na fyddent byth yn barnu'i gilydd.

'Na, dwi'n iawn. Dwi'n iawn, 'sti.'

Ac wedi iddo fynd, roedd Anna'n trio cofio ar ba air oedd y pwyslais.

Pennod 23

AM HANNER eiliad, neu lai na hynny, roedd rhyw haen denau, gysglyd o'i hymennydd yn credu mai llais Ioan a glywai ar y ffôn. Roedd 'na ryw fymryn o awgrym yn yr 'Anna?' yna. Ac yna aeth y llais yn ei flaen, 'Huw sy 'ma. Brawd Ioan. Mi o'n i'n digwydd bod yng ngogledd Cymru a meddwl...Do'n i ddim yn hollol siŵr oeddat ti'n dal i fyw yno, ond...'

Yn aml iawn, does dim amser i feddwl pa un ydi'r penderfyniad gorau i'w wneud. Agor y drws neu ei gau.

'Wyt ti awydd dod draw, Huw? Mi fyddai'n...' Petrusodd Anna am eiliad cyn dweud yn union be oedd ar ei meddwl. 'Mi fyddai'n braf dy weld.'

Cytunwyd y byddai Huw yn dod draw ymhen ychydig ddyddiau, ar ôl i'r gynhadledd roedd yn cymryd rhan ynddi ddod i ben. Doedd yr un o'r ddau'n awyddus i barhau â'u sgwrs ar y ffôn. Fe gâi bob cwestiwn aros tan iddyn nhw gwrdd. Ond yr eiliad y rhoddodd y ffôn i lawr, roedd Anna'n difaru na fyddai wedi holi mwy; yn difaru cynnig iddo ddod draw; yn difaru na fyddai wedi cymryd amser i feddwl a'i ffonio'n ôl.

'Wnaeth o ddim gofyn hyd yn oed, Maria.'

Llyfodd honno'i phawen dde'n feddylgar.

'Fi gynigiodd. Ella nad dod draw yma oedd o isio'i neud.'

Ceisiodd Anna gofio'r sgwrs fer air am air, ond methodd. Efallai mai dim ond bwriadu ffonio i ddweud helô oedd Huw. Neu efallai mai am awgrymu cyfarfod yn rhywle am baned oedd o. Ceisiodd Anna gofio a oedd o'n swnio fel rhywun oedd yn gwybod pam ei fod wedi ffonio, neu fel rhywun oedd wedi dilyn rhyw fympwy. Roedd hi'n rhy hwyr rŵan beth bynnag. Sylweddolodd nad oedd ganddi rif ffôn petai am newid y trefniant. Ond i be byddai hi isio gwneud hynny? Mi fyddai'n braf ei weld. Ugain mlynedd a mwy – mi fyddai wedi heneiddio.

Wrth ymyl y bocs cardiau yn y llofft lle cysgodd Siôn, roedd y cardiau a anfonwyd gan Huw at Dylan ar ei ben-blwydd. Tri ohonynt, tri cherdyn rhy fawr i'w rhoi yn y bocs efo'r gweddill. Wnaeth Huw ddim gyrru cerdyn cydymdeimlo, a ddaeth o ddim i'r cynhebrwng chwaith. Roedd o yn America ar y pryd, ond yn y bocs roedd llythyr ganddo. Llythyr byr yn gresynu'n hollol ddiffuant na fyddai byth eto'n gweld y bachgen bach nad oedd ond wedi'i weld unwaith yn ei fywyd. Cofiodd Anna sut y bu i'w ddiffuantrwydd, ei hunanoldeb bron, fod yn gysur iddi. Nid cydymdeimlo efo'i frawd ac efo Anna oedd o, yn gymaint â mynegi'i alar ei hun. Ond roedd gwybod bod Dylan yn ddigon pwysig iddo fel ei fod yn gwirioneddol ddifaru dod draw mor anaml wedi cysuro Anna. Cyfarfu Anna a Ioan â Huw mewn gwahanol lefydd ar ôl i Dylan farw, ond ddaeth o ddim i Nant yr Aur ar ôl hynny. Daeth i'r fflat ger y brifysgol lle y darlithiai Ioan, a daeth i'w cyfarfod am bryd o fwyd yn Llundain, ac ym Mharis unwaith. Ond fe gollwyd y cysylltiad hwnnw. Nes i Huw ffonio heddiw.

Neidiodd y gath ar ei glin.

'Ti'n gwbod be, Maria? Dwi ddim yn siŵr faint dwi isio'i wybod am Ioan. Mi fyddai'n braf gwybod ei fod e'n iawn, ond dwi ddim isio mwydro pen Huw. Nid dyna pam wnes i ei wahodd o yma.'

Neidiodd y gath i lawr a dechrau swnian am ei swper.

'Dwi'n gwadd gormod o bobl i'r tŷ 'ma y dyddia hyn. Chdi yn un ohonyn nhw! A 'dach chi i gyd isio blydi bwyd!'

Agorodd y tun bwyd cath a cheisio dychmygu sut y byddai'n sgwrsio efo Huw. Mi fyddai'n gofyn iddi be oedd hi wedi bod yn ei wneud efo hi'i hun, a sut roedd hi wedi treulio'r ugain mlynedd diwethaf. Ac mi fyddai'n rhaid iddi hi gyfaddef nad oedd hi wedi gwneud fawr o ddim – dim ond byw yn Nant yr Aur a chrafu bywoliaeth. Negyddol oedd popeth arall – na, doedd hi ddim wedi cael cymar arall; na, doedd hi ddim wedi cael plentyn arall; na, doedd hi ddim wedi mynd yn ôl i'r coleg, na chrwydro llawer, na gwirfoddoli, na gweithio'n galed ac ennill ffortiwn...Mae'n siŵr y byddai Huw yn sylwi nad oedd hi chwaith wedi gwneud unrhyw newidiadau o bwys i Nant yr Aur – dim ond bod yr ardd wedi'i hymestyn ryw ychydig, er nad hi oedd perchennog y tir ychwanegol.

'Defnyddia fo os wyt ti isio,' oedd geiriau Emyr wrth iddo neidio i mewn i'r Landrover ryw ddiwrnod; ac ychydig ddyddiau'n ddiweddarach roedd yn ei ôl efo stanciau a weiran a styffylau'n symud ei ffens.

'Pen-blwydd hapus,' meddai wrth forthwylio'r stwffwl olaf i'w le.

'Sut gwyddost ti?' gofynnodd Anna, oedd heb ddathlu'i phen-blwydd ers blynyddoedd, ond chafodd hi ddim ateb.

O'i ddisgrifio fel hyn, teimlai Anna fod ei bywyd yn swnio'n drist ac yn dila – ugain mlynedd a mwy, a'r cyfan oedd ganddi i ddangos am hynny oedd gardd datws a pherllan tair coeden, a hynny ar dir benthyg.

Tybed be oedd Huw wedi bod yn ei wneud? Pensaer oedd o pan oedd Ioan yn byw yn Nant yr Aur. Paratôdd gynlluniau iddynt ar gyfer ymestyn y tŷ a gosod drws cefn.

'Mae'n beth hurt bod yn rhaid dod mewn ac allan trwy'r un drws. Ac mi fydd y *building regs* yn mynnu'ch bod chi'n cael un, unwaith yr ewch chi i holi am ganiatâd cynllunio.'

Efallai fod y cynlluniau'n dal yno yn rhywle, yn yr un lle â'r gweithredoedd mwy na thebyg. Ond ni chyflwynwyd cais cynllunio erioed. Doedd dim angen ymestyn y tŷ erbyn hynny. Ond mae'n siŵr fod llawer o gynlluniau eraill Huw bellach yn adeiladau gorffenedig, a rhieni ifanc yn cerdded heibio iddynt heb gof o'r stryd fel yr oedd hi cynt. Gobeithiai Anna ei fod yn fodlon efo'i waith – yn fodlon ar y pryd fod y freuddwyd yn ei ben yn cael ei gwireddu trwy'r papur a thrwy'r brics, ac yn fodlon flynyddoedd yn ddiweddarach wrth basio'r adeiladau hynny.

Gyrrodd Huw focs anferth o flociau pren lliwgar i Dylan un tro. Rhoddodd Anna'r rheini i un o hogia Emyr a Dora ymhen blwyddyn neu ddwy, ac yntau yn ôl ei fam yn gwneud dim byd ond adeiladu beudái ohonynt. Gallai Anna ei gofio'n patsian siarad wrth eu traed yng nghegin Ty'n Giât.

'Sied. Sied fawr.'

Adeiladwyd sawl sied fawr yn y blynyddoedd ar ôl iddo ddod yn ôl adref o'r coleg amaethyddol. Roedd breuddwydion blociau pren rhai pobl yn cael eu gwireddu.

Pennod 24

Er ei bod yn dal ar ei baglau, roedd y rhyddid o fod heb y plastar ar ei choes wedi rhoi rhyw egni rhyfedd i Anna. Teimlai ei bod yn gwella. Bu'n glanhau ac yn coginio fel dynas o'i cho, ac er ei bod braidd yn gynnar yn y flwyddyn i ddechrau garddio go iawn, roedd yna ddigon o bethau i'w gwneud y tu allan hefyd. Ymhen wythnos neu ddwy roedd yn dibynnu llai a llai ar y baglau, ac yn gallu gwneud mwy a mwy. Roedd fel petai'r plastar wedi arafu'i meddwl a'i dychymyg hefyd, ond bellach roedd y rheini'n rhydd. Aeth i chwilio am ei phasbort, a phenderfynu dod â'r bocs cyfan i lawr y grisiau. Roedd yn llawn papurau a gâi eu hystyried yn bwysig pan gawsant eu rhoi i gadw yno'n ddiogel, ond mae'n siŵr fod yna lawer o bethau nad oedd mo'u hangen arni bellach. Gosododd y cyfan ar y llawr o flaen y stôf, gan agor y drysau fel bod modd gweld y fflamau. Eisteddodd ar y llawr, ei choesau'n syth o'i blaen, a'i fferau wedi'u croesi. Ymhyfrydai yn y ffaith ei bod yn gallu gwneud y ffasiwn beth.

Chwiliodd yn sydyn i ddechrau am y pasbort a'i gael, er syndod iddi, yn agos iawn i dop y pentwr. Ynoddo roedd llun o ddynes debyg iawn iddi hi, ond ei bod yn iau. Edrychodd ar y dyddiadau.

'Bron i flwyddyn o'r pasbort ar ôl, Maria.'

Roedd honno wedi gosod ei hun yn urddasol rhwng Anna a gwres y tân gan wynebu'r fflamau. Wnaeth hi ddim troi, er bod Anna'n siarad efo hi.

'Dyna'i setlo fo. Dwi'n mynd i rywle. Am ryw wythnos, 'sa hynny'n hen ddigon. Pwy gawn ni i dy warchod di, dywad?'

Cyn iddi dwrio ymhellach i'r pentwr papurach, canodd y

ffôn. Ystyriodd beidio â chodi, ond mae anwybyddu galwad ffôn yn beth anodd i'w wneud. Ac efallai mai Huw oedd yno'n newid y trefniadau. Ond nid Huw oedd o. Siôn oedd yno, isio gwybod a oedd hi adra ai peidio.

'Yndw tad. Dwi wastad adra.'

'Doeddach chi ddim adra ddydd Mercher. Felly mi o'n i'n meddwl y byswn i'n gwneud yn siŵr heddiw.'

Ddwedodd Anna 'run gair am eiliad, dim ond gadael i'r gwahanol deimladau symud trwy'i meddwl fel defaid yn gadael corlan, y naill ar ôl y llall ar frys, heb syniad i ble roeddent yn mynd.

'Mi o'n i yn yr ysbyty'n cael tynnu'r plastar. Dwi adra rŵan.'

Rhoddodd Anna'r ffôn i lawr a mynd yn ôl at y bocs a'r tân a'r gath. Ceisiodd enwi'r teimladau a grëwyd gan yr un alwad ffôn fach syml yna – euogrwydd oedd un, ond yn dynn ar ei gynffon roedd rhyw emosiwn annelwig a wnaeth i'w gwrychyn godi.

'Does dim rhaid i mi fod yma, nac oes, Maria. I chdi, falla. Ond nid i neb arall.'

Rhythodd Anna ar yr holl bapurach heb eu gweld, gan geisio deall be oedd yn bod arni. Roedd hi wastad mor falch o weld Siôn. Fel y ceisiodd esbonio i Emyr, roedd ei bresenoldeb yn Nant yr Aur yn teimlo'n iawn. Ond heddiw roedd hi isio llonydd. Ac fe fethodd ddweud hynny wrtho.

Mae'n rhaid nad oedd Siôn yn bell i ffwrdd pan ffoniodd. Roedd o yno ymhen rhyw chwarter awr, ac roedd Anna'n dal i eistedd ar y llawr o flaen y tân yn didoli'r papurau yn y bocs. Roedd ambell beth wedi cael ei daflu i ganol y fflamau eisoes ac roedd hi newydd ddarllen hen ddyddiaduron gan geisio penderfynu beth fyddai eu tynged. Doedd fawr ddim byd o bwys ynddynt, ac eto roedd eu bodolaeth a'r manion a gofnodwyd ynddynt yn brawf ei bod wedi gwneud rhywbeth. Penderfynodd eu cadw. Tynnu'r gweithredoedd o'r amlen oedd hi pan gerddodd Siôn i mewn. Roedd yna amser pan fyddai hi wedi gallu enwi cyn-berchnogion Nant yr Aur yn eu trefn, a'r dyddiadau y newidiodd y berchnogaeth o un teulu i'r llall. Ond nid bellach. Fel mae cariadon newydd yn gallu disgrifio pob manylyn o gyrff ei gilydd, a pharau sydd wedi bod efo'i gilydd am flynyddoedd weithiau ddim yn siŵr o union liw llygaid y llall, hyd yn oed.

'Hel atgofion 'dach chi?' holodd Siôn.

'Dyna dwi'n neud. Ond nid dyna oedd y bwriad.

Daeth Siôn yn nes at y bocsys.

'Ei di i neud panad i ni, Siôn? Ac mi gliria i'r rhain o'r ffordd.'

Difarai nad oedd hi wedi eu clirio'n syth ar ôl cael ei alwad ffôn.

'Peidiwch â rhoi'r gora iddi o'm rhan i.'

Penliniodd Siôn wrth ei hymyl, ymestyn am y papurau oedd ar dop y pentwr a'u hastudio. Edrychodd Anna arno'n darllen gweithredoedd Nant yr Aur.

'Does 'na ddim llawer o wahanol deuluoedd wedi byw yma.'

'Nac oes.'

A hynny o drafod fu. Gosododd Siôn y gweithredoedd naill ochr ac edrych eto yn y bocs. Oddi tanynt roedd cynlluniau Huw ar gyfer yr estyniad.

'Dow, oeddach chi'n meddwl newid y lle 'ma?'

'Ar un adeg. Flynyddoedd yn ôl bellach. Dwn i ddim pam dwi wedi cadw'r cynlluniau a dweud y gwir.'

Ac eto fe wyddai'n iawn pam ei bod wedi eu cadw. Roeddan nhw yno fel y pasbort nas defnyddiwyd bron.

'Dow,' meddai Siôn eto a'i drwyn yn y cynlluniau. 'Mi fydda 'na ddrws arall petaech chi wedi gwneud hyn.'

'Bydda. Ond does dim angen un.'

Gwthiodd Anna'r gweithredoedd yn ôl i'r amlen, sgubo'r holl bapurau blith draphlith i'r bocs, a'i wthio o'r ffordd. Doedd hi heb hyd yn oed gael cyfle i ailedrych ar gynlluniau Huw, ond yn wahanol i'r rhestr o gyn-berchnogion Nant yr Aur oedd bellach wedi mynd yn angof ganddi, gallai gofio pob manylyn o'r cynlluniau. Hi a Huw fu'n eu trafod; hyd yn oed pan oedd Ioan yno roedd yn berffaith fodlon gadael iddi hi wneud y penderfyniadau. Am y tro cyntaf erioed, pendronodd Anna tybed a oedd y pellhau wedi dechrau yr adeg honno. Ac eto, nid y tŷ ei hun oedd yn bwysig i Ioan ond yn hytrach ei leoliad. Bron y credai y byddai wedi cyd-weld hyd yn oed petai hi a Huw wedi penderfynu ei chwalu'n llwyr a chodi tŷ arall ar y safle.

Ond roedd Anna'n gwsmer trafferthus i bensaer. Sylweddolai hynny erbyn hyn, ond gwyddai hefyd y byddai'n waeth byth petai angen gwneud rhywbeth tebyg rŵan. Byddai Huw yn gwneud cynlluniau bras, yn eu postio ati ac yn eu hesbonio dros y ffôn.

'Mae hyn yn golygu gwneud twll trwy'r wal yna, yli.'

Ac fe fyddai brawddeg felly yn creu poen corfforol bron iddi, rhyw deimlad o nerfusrwydd fel rhywun ar fin mynd at y deintydd neu fynd ag anifail hoff at filfeddyg. Gwyddai ei fod yn hurt, a wnaeth hi ddim cyfaddef ei theimladau i neb; roedd yn haws cuddio'i theimladau oddi wrth Huw gan eu bod yn trafod ar y ffôn. Ond byddai'n ceisio meddwl am ryw ffordd arall o wneud pethau, a bob tro fe fyddai'n dewis pa gynllun bynnag a olygai wneud cyn lleied o newid â phosib i'r tŷ. Ond doedd dim osgoi'r ffaith y byddai'n rhaid torri trwy un o'r waliau cerrig trwchus er mwyn ymestyn Nant yr Aur. Byddai'n rhaid ymosod arno â chaib a gordd.

Roedd Ioan a hithau'n sicr bod angen mwy o le. Doedd yr un o'r ddau am i Dylan fod yn unig blentyn. Neu efallai mai hi oedd yn sicr nad oedd hi am i Dylan fod yn unig blentyn, a Ioan oedd yn sicr bod angen mwy o le os bydden nhw'n cael rhagor o blant, ac Anna'n benderfynol o aros yn Nant yr Aur. Ceisiodd gofio sgwrs rhyngddynt yn trafod hyn i gyd, ond methodd. Nid bod hynny o bwys; roedd y ddau'n cyd-weld.

'Sgen ti gariad, Siôn?' gofynnodd iddo.

'Oes.'

'Ti 'rioed wedi sôn amdani hi.'

Bu distawrwydd am funud.

'Wnaethoch chi ddim gofyn.'

'Sgyni hi enw?'

'Siwan,' a gwenodd fel mae pawb yn ei wneud wrth ynganu enw'i gariad.

Ystyriodd Anna a ddylai ofyn iddo ddod â hi draw efo fo y tro nesaf y byddai'n galw. Ond beth petai hi ddim yn cymryd at yr hogan? Neu beth petai'n cymryd ati – gallai hynny fod yn waeth. Am eiliad gwelodd gwpl ifanc yn gorwedd ym mreichiau'i gilydd i lawr wrth yr afon, ond doedd hi ddim yn siŵr pwy oeddan nhw.

'A' i i neud y banad 'na. Mae golwg 'di blino arnoch chi, Anna.'

Pennod 25

Chafodd Anna ddim llawer o gyfle i sgwrsio efo Siôn am Siwan nac am neb na dim byd arall, o ran hynny. Daeth Dora trwy'r drws ac un o'i hwyrion efo hi.

'Dwi'n gwarchod hwn yn Ty'n Giât. Ac mae'r ddau ohonon ni angen mynd allan o'r tŷ.' Gwnaeth Dora stumiau tynnu gwallt o'i phen. 'Dwi'n rhy hen i hyn!' ebychodd.

Gan ddiolch ei bod bellach yn gallu symud o gwmpas y lle'n gymharol rwydd rhoddodd Anna gaead yn sydyn ar y bocs papura y tu ôl iddi, a mynd at ddrws y gegin.

'Gwna banad arall plîs, Siôn,' meddai.

'Sori, sgen ti bobl ddiarth?' holodd Dora.

'Dim ond Siôn.'

Crychodd Dora ei thalcen. 'Pwy 'di Siôn?'

Yn y bwlch rhwng bod Anna'n sylweddoli nad oedd Dora'n gwybod pwy oedd Siôn, a gorfod penderfynu beth oedd y ffordd ora i esbonio hynny iddi, roedd y plentyn wedi dianc o afael ei nain ac wedi dringo i ben sil y ffenest. Erbyn iddo gael ei achub roedd Siôn wedi dod i mewn i'r ystafell efo te i'r tri oedolyn, ac ychydig o sudd mewn mŵg i'r bychan.

Plygodd i lawr ato a gofyn mewn llais difrifol, 'Wyt ti'n gallu yfad o gwpan go iawn fel hyn, heb golli diod ar lawr tŷ Anna?' Nodiodd y bychan yn ddifrifol ac yfed y sudd i gyd ar ei dalcen.

'Reit,' meddai Siôn wrtho, 'be 'sa ti a fi'n mynd am dro i lawr at yr afon i weld oes 'na bysgod yno heddiw, a gadael y merched 'ma i yfad te a sgwrsio.'

Wrth i'r ddau ddiflannu trwy'r drws trodd Dora at Anna a dweud, 'Pwy bynnag ydi o, dwi'n ei licio fo!'

Ac fe glywodd Anna ei hun yn dweud nad oedd hi wedi cael cyfle eto i olrhain achau Siôn, ond ei fod wedi dechrau galw'n rheolaidd yn Nant yr Aur. Esboniodd pa mor gyfforddus oedd hi yn ei gwmni o'r dechra, a'r ffaith ei fod yn teimlo'n 'iawn' yn Nant yr Aur. Sylweddolodd ei bod wedi yngan y geiriau yna o'r blaen.

'Ond…'

'Ia,' meddai Dora, wrth ei gweld yn petruso, 'ond be?'

'Dwn i'm.'

Roedd hyn wedi bod yn beryg efo Dora erioed. Unwaith yn y pedwar amser roedd 'na rywbeth amdani, y llifeiriant sgwrs oedd ganddi hi fel arfer efallai, a wnâi i rywun sgwrsio gormod ei hun. A datgelu gormod. Doedd Dora ddim yn mynnu cael gwybod, ond ambell dro roedd Anna'n ymwybodol ei bod wedi dweud gormod wrth Dora, ac yn sylweddoli nad oedd Dora wedi dweud yr un dim wrthi, er ei bod hi ei hun wedi siarad yn ddi-baid.

A doedd Dora ddim yn un i gadw stori dda iddi hi'i hun. Nac yn un am adael i stori dda fynd yn ei blaen heb wella rhywfaint arni, os oedd angen, neu hyd yn oed os nad oedd angen. Cofiodd Anna glywed gan rywun fersiwn blodeuog iawn o'i hymweliad hi ei hun, flynyddoedd yn ôl, â'r Gelli Gandryll gyda'r Martin 'na. Llwyddodd i olrhain tarddiad y ffuglen yn ôl i Dora, ond doedd dim pwrpas dweud 'run gair wrthi. Doedd dim malais yn Dora. Rhyw ddiniweidrwydd ar ei rhan oedd o yn y bôn.

A dyna hi bron iawn wedi llwyddo unwaith eto i hudo

Anna i ddweud gormod. Roedd Anna ar fin esbonio mai be oedd yn bod, mwy na thebyg, oedd bod gormod o bobl yn galw yn Nant yr Aur, a dechrau sôn am alwad ffôn Huw, a dweud bod hwnnw'n galw draw drannoeth. Diolchodd nad oedd y meibion na'r ferch-yng-nghyfraith yn Nhy'n Giât mor fusneslyd, ac na fyddent yn trafferthu adrodd wrth Dora bod car diarth wedi gyrru i fyny i Nant yr Aur.

Gallai ddychmygu Dora'n mynd adra ac yn dweud wrth Emyr am 'yr hogyn ifanc 'na mae Anna'n ffrindia efo fo'. Ac Emyr yn gwrando'n dawel heb drafferthu dweud ei fod o wedi cyfarfod Siôn, a bod Siôn wedi cysylltu ag Anna'n wreiddiol er mwyn trio prynu Nant yr Aur. Od sut bod ganddi gymaint o ffydd yn y gred y byddai Emyr yn driw iddi hi, yn fodlon cadw cyfrinach.

Sylweddolodd ei bod yn eistedd gyferbyn â Dora ers rhai munudau heb ddweud gair.

'Mae'n ddrwg gen i. Dwi wedi blino'n ofnadwy heddiw, Dora. Wedi bod yn gwneud gormod ar ôl cael tynnu'r plastar 'na falla.'

Gadawodd Dora yn fuan wedyn a daeth Siôn yn ôl i mewn i'r tŷ. Ceisiodd Anna ddeffro'i hun i gynnal sgwrs, ond cyn iddi gael cyfle i ddweud gair tynnodd Siôn ei liniadur o'i fag.

'Ga i fod yn ddigywilydd, Anna? Mae gen i rywbeth dwi angen ei sgwennu a meddwl o'n i y byddai Nant yr Aur yn lle delfrydol i wneud hynny. Fyswn i'n cael mynd i weithio yn y llofft fach 'na?'

'Cei siŵr.'

Be arall allai hi ei ddweud? Eisteddodd yno wrth y tân, gyda'r bocs yn cynnwys ei phasbort a'r gweithredoedd a'r cynlluniau y tu ôl iddi, yn gwrando ar sŵn traed Siôn yn mynd i fyny'r grisiau i lofft Dylan, a rhai o lechi'r to yn aildrefnu'u hunain yn slei bach.

Pennod 26

RHYW ddwyawr gafodd Anna ar ei phen ei hun yn ei thŷ rhwng bod Siôn yn gadael a Huw'n ymddangos. Mae'n wir mai ychydig welodd hi ar Siôn; roedd wedi cau'i hun yn y llofft a phrin wedi dweud gair wrthi, ond mi oedd o yna. Ac yna dwyawr heb neb, a hithau'n agor y ffenestri led y pen er nad oedd hi'n ddiwrnod cynnes, yna'n eu cau fesul un yn dawel a deddfol gan edrych ar yr olygfa o bob ffenest wrth wneud. Ac wrth gau'r ffenest olaf gwelodd gar dieithr yn dod i fyny'r ffordd tuag ati, yn diflannu am eiliad tu ôl i graig ac yna'n ailymddangos.

Roedd Anna allan yn sgubo'r rhiniog erbyn i Huw barcio'r car. Safodd wrth y drws yn ei wylio'n cerdded tuag ati. Nid oedd gweld Huw yn Nant yr Aur yn deimlad od. Doedd yna ddim tebygrwydd rhwng y ddau frawd o ran pryd a gwedd, a diolchodd Anna am hynny. Ond yna daeth yn nes, a'i chyfarch, ac roedd hynny'n gwneud pethau'n anoddach. Roedd eu lleisiau'n debyg, ac mae lleisiau'n heneiddio llai na chyrff. Gorfododd ei hun i edrych arno a nodi'n ymwybodol bob manylyn corfforol i ddad-wneud effaith y llais.

Safodd y ddau efo'u cefnau at y tŷ am ychydig funudau.

'Roedd Ioan wrth ei fodd efo'r lle 'ma.'

Wel, meddyliodd Anna, dyna Huw wedi penderfynu eu bod nhw'n mynd i drafod ei frawd. Oedodd am funud cyn ei ateb. Roedd hi'n awyddus iawn i swnio'n gall ac yn glên. A phetai hi'n llwyddo i swnio'n gall a chlên, efallai y byddai'n gallu ymddwyn felly.

'Does 'na ddim byd yn ei rwystro fo rhag dod yma os ydi o isio, 'sti. Ei ddewis o ydi cadw draw.'

Sylwodd ar yr olwg ar wyneb Huw. Roedd yn amlwg fod rhywbeth yn ei boeni.

'Wnaethon ni rioed ffraeo, 'sti,' ychwanegodd i'w gysuro. 'Dim ond rhyw bellhau. Pellhau fel nad oedd modd i mi gysylltu â'n gilydd...Mi fyswn i'n ddigon hapus i'w weld o, am wn i...'

'Wyt ti am gynnig panad i mi, Anna?'

Aeth y ddau i mewn i'r tŷ a thywalltodd Anna ddŵr i mewn i'r tegell. Ddywedodd neb yr un gair wedyn hyd nes bod y ddau'n eistedd wrth fwrdd y gegin.

'Anna, gest ti lythyr gen i chydig fisoedd yn ôl – ddechrau Tachwedd?'

'Naddo.'

Yn yr oriau mân, ymhell ar ôl i Huw fynd, bu Anna'n trio cofio'r union eiriau a ddefnyddiodd ond methu wnaeth hi. Roedd hi isio cofio'r union eiriau i wneud yn si r ei bod wedi deall yn iawn, i wneud yn siŵr nad oedd hi wedi dychmygu'r peth. Ac eto roedd hi'n dyheu am iddo fod yn rhywbeth roedd hi wedi'i ddychmygu. Esboniodd Huw sut y bu iddo sgwennu ati'r diwrnod ar ôl i Ioan farw. Sut y bu iddo gymryd yn ganiataol, gan nad atebodd y llythyr na dod i'r cynhebrwng, nad oedd Anna bellach yn byw yn Nant yr Aur, neu nad oedd ots ganddi. Rhywbeth felly ddywedodd o. Gwyddai iddi ofyn rhai cwestiynau a chael atebion. Achos ei farwolaeth? Cancr y gwddf. Lle'r oedd o'n byw? Naoned yn Llydaw.

Roedd yn gallu cofio'r sgwrs o hynny 'mlaen.

'Be wnaeth i ti ffonio'r dydd o'r blaen, Huw?'

Yntau'n esbonio'i fod wedi clywed gan rywun ei bod hi'n dal i fyw yn Nant yr Aur ac wedi amau efallai nad oedd wedi derbyn ei lythyr, am ryw reswm. Esboniodd ei fod yn teimlo'n sicr, ar ôl dim ond eiliad neu ddwy o sgwrsio ar y ffôn, nad oedd hi'n gwybod am farwolaeth Ioan. Oherwydd hynny, roedd wedi penderfynu peidio â dweud wrthi dros y ffôn.

'Ond mi wnest ti fy ngwadd i draw yma, on'd do? Doedd dim rhaid i mi ofyn. Mi o'n i mor falch.'

A'r llais 'na, y blydi llais 'na oedd mor debyg i un Ioan, yn esbonio hyn i gyd. Mae'n rhaid ei bod wedi gwneud bwyd i Huw – roedd 'na lestri budron yn y sinc – ac mae'n rhaid eu bod wedi sgwrsio am bethau eraill. Fe allai gofio rhywfaint o'r sgwrs. Roedd Huw yn dal i weithio fel pensaer. Roedd o efo'i gymar presennol ers bron i naw mlynedd. Roedd ganddynt hwythau, trwy gyd-ddigwyddiad od, gathod Burmese – rhai pur, pedigri, hanner dwsin ohonynt – a dangosodd diddordeb mawr yn Maria pan ymddangosodd honno o rywle, gan ei anwybyddu'n llwyr.

Cenfigennai Anna at y gath rŵan, a honno'n cysgu'n braf ar ben y cwilt wrth ei hochr. Teimlai na fyddai hi'n gallu cysgu byth eto. Roedd yn rhaid iddi grafu pob atgof oedd ganddi am Ioan o waelodion ei phenglog, a gwneud hynny i gyd heno am ryw reswm. Ond rhyw atgofion styfnig oeddan nhw – roedd hi'n ei chael yn anodd cofio unrhyw stori gall. Y cwbl a gofiai, y cwbl a wyddai, oedd ei bod hi a Ioan wedi caru'i gilydd ac wedi ymddiried yn ei gilydd. Ond heno doedd ganddi run hanesyn i brofi hynny wrth neb.

'I bwy wyt ti angen profi'r peth, Anna?' meddai'n uchel yn y llofft wag. Ond doedd hi ddim yn gwybod yr ateb. Roedd yn sicr na wnaeth hi erioed goleddu rhyw obaith y byddai Ioan yn dychwelyd i Nant yr Aur, dim ar ôl yr ychydig flynyddoedd cyntaf, o leiaf. Nid dyna oedd yn ei phoeni. Ond mi oedd arni angen sicrwydd heno fod y dyddiau da hynny *yn* ddyddiau da.

Efallai y dylai fod wedi holi mwy ar Huw am hanes Ioan; holi be oedd o wedi bod yn ei wneud am yn agos i chwarter canrif. Ond doedd hi ddim isio gwybod, a bod yn onest. Roedd yn ddigon ganddi wybod bod yna gyfnod – blynyddoedd lawer – pan oedd y ddau ohonynt yn driw i'w gilydd, yn gefn i'w gilydd, yn ystyried y naill a'r llall fel y bod dynol prydferthaf yn y byd.

Am y tro cyntaf ers wythnosau, clywai Anna lais Ioan yn Nant yr Aur – neu, yn hytrach, ei chwerthiniad – a mwya sydyn llifodd degau ar ddegau o atgofion yn ôl ati fel rubanau amryliw. Gwnaeth Anna gwilt ohonynt a chysgu.

Pennod 27

HEL MEDDYLIAU y bu Anna drwy'r dydd y diwrnod wedyn. Ond nid hel atgofion am Ioan. Roedd hynny'n rhywbeth oedd wedi digwydd yn un llifeiriant y noson cynt. Rhyw chwarae 'petai, petasai' wnaeth hi drwy'r dydd. Petai hyn wedi digwydd, a phetasai'r peth arall heb ddigwydd…a'r cyfan yn troi fel tôn gron yn ei phen. Amrywiadau diddiwedd, ond yr un alaw sylfaenol yn cordeddu trwy'r cwbl. Beth petai Dylan wedi byw? A beth petasai hi wedi bod yn fodlon gadael Nant yr Aur? Ond wnaeth o ddim. Ac allai hi ddim. Ac ar ôl iddi benderfynu hynny byddai'n dechrau gwneud rhyw fân dasgau o amgylch y tŷ, ac ymhen tipyn fe fyddai'r ddau gwestiwn yn treiddio'n ôl i'w hymennydd rywsut – trwy'r mop neu'r cadach oedd yn cyffwrdd y llawr neu'r waliau ar y pryd.

Yn sydyn cafodd ddigon. Gadawodd y mop a'r fwced â'r dŵr budr yn oeri ynddi, a'r baw yn suddo i'r gwaelod, a gwisgodd ei chot a'i sgidiau cerdded. Gwthiodd afal a darn o siocled i boced y got, camu allan drwy'r drws, a'i gau ar ei hôl. Y tu ôl i Nant yr Aur, heb fod ymhell o'r graig a esgorodd ar y tŷ, roedd giât mochyn yn agor i'r ffridd. Ac o'r fan honno roedd llwybr yn arwain i ben y grib a wahanai'r cwm hwn a'r cwm nesaf. Doedd Anna heb gerdded y llwybr i'r copa ers blynyddoedd, a doedd hi ddim yn siŵr a allai ei ddilyn yr holl ffordd heddiw. Aeth â ffon efo hi, yn meddwl efallai y byddai'n ddefnyddiol. Roedd hi wedi penderfynu ddeuddydd ynghynt bod dyddiau'r baglau wedi dod i ben.

Dechreuodd Maria ei chanlyn ar draws y ffridd.

'Shw! Cer adra!'

Ciciodd ychydig o gerrig mân oedd ar y llwybr i gyfeiriad y gath. Agorodd honno'i llygaid aur yn fawr mewn syndod cyn troi a cherdded yn dawel ac urddasol yn ôl i lawr y llwybr at y tŷ.

'Sori!' gwaeddodd Anna ar ei hôl, ond wnaeth Maria ddim cydnabod yr ymddiheuriad. Ailddechreuodd Anna ddringo'r llwybr. Doedd o ddim yn hawdd – roedd ei choes yn dal i deimlo'n wan ar ôl yr wythnosau mewn plastar, a hithau'n fyr ei gwynt am ei bod wedi cerdded cyn lleied yn ddiweddar. Daliodd i fynd, gan aros yn aml i gael ei gwynt ati. Bob tro y gwnâi hynny byddai'n troi i edrych i lawr i'r cyfeiriad y daeth ohono. A phob tro roedd Nant yr Aur yn edrych yn llai, ac roedd modd gweld mwy o bethau eraill. Mwy o ffermydd y cwm i ddechrau, ond ar ôl ychydig roedd yn ymwybodol fod yna orwel newydd a hwnnw'n symud ymhellach oddi wrthi. Gallai weld y môr ar ôl tipyn, a dychmygu'r hyn oedd y tu hwnt i hwnnw.

Roedd hi'n dechrau blino go iawn erbyn rŵan, a phan welodd garreg wastad wrth ochr y llwybr eisteddodd arni. Tynnodd y darn siocled o'i phoced, rhedeg ei hewin ar hyd y papur arian, a thorri dau o'r blociau bach brown yn rhydd. Rhoddodd hwy yn ei cheg, ond yn hytrach na'u cnoi, gadawodd iddynt doddi yn y gwres a'r poer.

Roedd Ioan yn cerdded yn llawer amlach na hi. Byddai'n planu mynd, a hithau'n straffaglu i ddal i fyny efo fo; byddai yntau'n gorfod aros, weithia'n anfoddog, iddi ei gyrraedd. Roedd ganddi gof clir ohono'n aros ar yr union garreg yma, ac yn codi ar ei draed fel roedd hithau'n cyrraedd.

'Aros! Dwi angen gorffwys hefyd.'

Ac yntau'n sylweddoli'i gamgymeriad yn syth ac yn gwenu, yn ei chofleidio, yn eistedd i lawr unwaith eto ar y garreg ac yn ei bwydo efo siocled a gadael iddi bwyso yn ei erbyn. Aethon nhw ddim pellach y diwrnod hwnnw. Dim ond symud ychydig oddi wrth y graig i bant oedd fwy neu lai o'r golwg. Cyn iddynt symud i'r pant fe gerddodd Emyr heibio – dyn prysur yn camu'n gyflym i lawr y llwybr wrth wneud diwrnod o waith. Cyfarchodd hwy, a gallai Anna glywed yr embaras a'r mymryn cenfigen a guddiai y tu ôl i'w chwerthiniad.

Dim ond unwaith yr aeth hi am dro efo Emyr. Roedd eu ffiniau corfforol wedi'u hen sefydlu y tu mewn i sicrwydd pedair wal, neu hyd yn oed mewn gardd neu fuarth, ond pan oedd y ddau ohonynt yn cydgerdded ar y ffridd roedd pethau'n wahanol. Treuliodd Anna'r holl amser yn ymwybodol o'r ffaith nad oeddent yn cyffwrdd â'i gilydd, ac yn dyfalu be yn union oedd ei chymhelliad yn awgrymu eu bod yn mynd am dro efo'i gilydd. A phan gyrhaeddodd y ddau'n ôl yn Nant yr Aur, ac Emyr yn ôl ei arfer yr adeg honno'n rhoi ei fraich o'i hamgylch a'i chusanu'n ysgafn ar ei boch wrth ffarwelio, gwyddai Anna na fyddai byth ddim mwy na hynny rhyngddynt. Ac eto, fel roedd hi'n sylweddoli erbyn heddiw, cryfhau wnaeth eu cyfeillgarwch ar ôl y diwrnod hwnnw. Roedd rhywbeth wedi cael ei drafod, ond nid mewn geiriau. A daethpwyd i benderfyniad. Unwaith yn y pedwar amser byddai Anna'n dymuno y byddai pethau wedi bod yn wahanol, ac roedd heddiw'n un o'r dyddiau hynny.

'Llwfr wyt ti, Anna Morris,' meddai'n uchel wrth yr holl gwm oddi tani. 'Blydi cachgi!'

Cododd Coch y Cerrig o'r grug rhyw ddwylath oddi wrthi a hedfan ychydig lathenni cyn glanio eto.

'Fedri di ddim hyd yn oed neud hynna, y ddynas wirion!'

Rhoddodd ei llaw yn ei phoced a thorri darn arall o siocled cyn codi ac ailddechrau cerdded. Er bod Nant yr Aur yn pellhau, roedd y grib yn ymddangos cyn belled ag erioed. Teimlai rhyw wayw anghyfarwydd yn ei ffêr, a phenderfynodd na fyddai'n mentro ceisio cyrraedd y grib heddiw.

'Rywbryd eto.'

O'i ddweud yn uchel efallai y byddai'n digwydd, a gwyddai, gallai gofio, bod yr olygfa i lawr i'r cwm arall yn werth ei gweld. Roedd hi'n awyddus iawn i fynd yno, ond roedd angen rhyw nod arall ar gyfer heddiw. Byddai'n ddigalon petai hi'n troi'n ôl mewn rhyw lecyn na ellid ei enwi, dim ond am mai hwnnw oedd y llecyn lle aeth y boen yn ei ffêr yn annioddefol. Doedd hi ddim ymhell o'r wal fynydd, lle'r oedd y ffridd yn dod i ben a'r mynydd agored yn dechrau. Roedd corlannau yno – fe fyddai'n mynd cyn belled â fanno ac yna'n troi am adra.

Cyrhaeddodd y corlannau ac eistedd i lawr. Fe'u codwyd mewn mymryn o bant yn y tir, yng nghysgod y gwynt, a phan oedd hi ar ei heistedd doedd dim modd iddi weld Nant yr Aur. Pwysodd yn ôl yn erbyn wal y gorlan fwyaf. Roedd hi'n berffaith, berffaith dawel yno. Bwytaodd ei hafal a'r darn olaf o siocled cyn codi a chychwyn yn ôl i lawr y llwybr. Wrth gamu drwy'r grug gallai weld Nant yr Aur o'r newydd. Roedd car yn gyrru'n araf ar hyd ffordd y cwm tuag at y môr, ond doedd o ddim yn gar cyfarwydd.

Pennod 28

Yn ei breuddwyd, roedd Anna'n ôl yn y corlannau ger y wal fynydd. Ond yn hytrach na thawelwch y pnawn hwnnw, roeddent yn llawn defaid a hithau yn eu canol. Roedd rhai o'r defaid yn hedfan, yn gymylau gwynion uwch ei phen a'r gweddill yn gwthio yn ei herbyn ac yn ei chario yng nghanol eu llif tuag at y cafn trochi. Gallai arogli eu gwlân a'u baw a'r cemegau yn y cafn. Ymddangosodd Maria ar ben wal y gorlan yn mewian a mewian arni.

'Dwi'n iawn. Cer adra. Waeth i mi'n fama ddim,' gwaeddodd yr Anna yn y freuddwyd arni. Ond roedd y gath yn dal i gerdded o amgylch wal y gorlan yn mewian, a'i sŵn i'w glywed uwchlaw brefu'r defaid. Yn raddol, sylweddolodd Anna ei bod yn clywed Maria yn mewian go iawn. Roedd Anna'n deffro, a'r freuddwyd yn diflannu, ond roedd y mewian yn parhau ac roedd arogl od yn yr ystafell – rhywbeth yn llosgi cefn ei gwddw. Dechreuodd besychu a deallodd yn sydyn be oedd yn digwydd. Roedd Nant yr Aur ar dân!

Dim ond yn nes ymlaen, wrth edrych yn ôl ar y noson honno, y sylweddolodd Anna fod ei hymateb yn un rhyfedd. Nid poeni amdani hi ei hun wnaeth gyntaf, nac am Maria, ond yn hytrach poeni am y tŷ. Am hanner eiliad ystyriodd aros yn ei hunfan a gadael i beth bynnag fyddai'n digwydd ddigwydd. Ond roedd Maria'n dal i gerdded 'nôl a blaen ar y gwely'n mewian, a rhywsut fe dreiddiodd ei sŵn truenus drwy'r gwallgofrwydd. Gafaelodd Anna yn y gath a mynd heibio llofft Dylan i'r oriel a edrychai i lawr ar yr ystafell fyw. Roedd mwy o arogl mwg yno, ond gallai weld mai yn y gegin roedd y tân, a bod y drws rhwng y gegin a'r ystafell fyw ar gau. Roedd mymryn o fwg fel gwlân gwyn ei breuddwyd yn dechrau llifo oddi tano.

Wrth iddynt ddechrau mynd i lawr y grisiau, clywodd Maria sŵn y fflamau a cheisiodd ddianc o afael Anna i fynd yn ôl i'r llofft. Gafaelodd Anna'n dynn yn ei gwar, ond nid cyn i'r gath sgriffio'i llaw a'i braich nes eu bod yn gwaedu. Cyrhaeddodd y drws, a llwyddo i'w agor heb golli'i gafael ar y gath. Unwaith roedd hi allan gollyngodd hi, a'i gwylio'n sgrialu mewn ofn i lawr at yr afon ac o'r golwg. Roedd rhywbeth rhyfedd yn digwydd i amser. Teimlai Anna ei bod wedi sefyll yno am hydoedd yn gwylio'r gath yn rhedeg i ffwrdd, a'r tŷ'n llosgi'n braf y tu ôl iddi. Yna roedd y teimlad od wedi diflannu, a hithau'n rhuthro'n ôl i mewn i'r tŷ ac yn cipio'r ffôn oddi ar y bwrdd derw.

Ffoniodd, daeth yr injan dân, diffoddwyd y fflamau. Pan oedd pobl yn ei holi'n ddiweddarach allai Anna ddim ychwanegu mwy na hynny at y stori. Eisteddodd yn ei gŵn nos ar y wal yn gwylio'r holl brysurdeb, ond doedd hi ddim yn cofio'r manylion. Daeth un o feibion Emyr a Dora draw, ei rhoi yn ei gar a mynd â hi i lawr i'r pentref i gartref ei rieni. Yfodd baned o de, a dilyn Dora i lofft fechan daclus. Gorweddodd o dan gwilt blodeuog a syrthio i gysgu.

Pan ddeffrodd y bore wedyn doedd ganddi, am eiliad, ddim syniad lle'r oedd hi. Ac yna cododd a dechrau taflu i fyny yn y sinc fechan binc yng nghornel y llofft. Y te i ddechrau, ac yna cyfog gwag diddiwedd.

Ceisiodd Dora fynnu ei bod yn bwyta brecwast, ond methu wnaeth hi. Bodlonodd hithau ar berswadio Anna i yfed hanner cwpanaid o de.

'Wyt ti am i mi fynd â chdi i fyny yna rŵan?' holodd Emyr.

Nodiodd Anna, codi, diolch i Dora am loches, am fenthyg dillad, am baned. Roedd y rhestr yn ddiddiwedd, ond fe wnâi hynna'r tro am rŵan. Cerddodd allan at y Landrover. Ni thorrodd yr un ohonynt air ar y ffordd i Nant yr Aur – Anna yn ei byd bach ei hun yn dychmygu beth oedd o'i blaen, ac Emyr yn dychmygu sut y byddai Anna'n ymateb.

Ar yr olwg gyntaf roedd llai o ddifrod nag oedd yr un o'r ddau wedi'i ofni. Roedd y to a'r ffenestri'n gyfan.

'Wel, mae o ar ei draed, o leia,' meddai Emyr.

Gwenodd Anna arno. Daeth y ddau allan o'r Landrover yn bwyllog a cherdded at ddrws y tŷ. Rhoddodd Anna ei bawd ar y glicied a gwthio, ac fe agorodd y drws. Trawyd y ddau gan arogl cryf y mwg, a buont yn sefyll yno heb ddweud gair. Crwydrodd Anna drwy'r tŷ ac Emyr wrth ei chwt. Roedd y gegin yn llanast llwyr, rhwng y difrod a wnaethpwyd gan y tân a'r holl ddŵr a ddefnyddiwyd i'w ddiffodd. Ond roedd gweddill y tŷ yn syndod – y waliau i gyd yn ddu gan fwg, pob dodrefnyn yn afiach i'w cyffwrdd, ond dim mwy na hynny. Diolchodd Anna am y drws derw trwm a arweiniai i'r gegin, ac am drwch anhygoel y waliau – hyd yn oed waliau mewnol y tŷ.

Dechreuodd Anna agor y ffenestri i gyd. Trodd at Emyr a gwenu eto. 'Mae o'n iawn, tydi. Diolch am ddod â fi adra,' meddai wrtho.

'Fedri di ddim aros yn fama, Anna.'

Gwenodd arno eto. 'Fama dwi'n byw yntê? Mae 'na do arno fo does?'

Dechreuodd Emyr ddadlau efo hi, a chafodd Anna ei synnu. Doedd hi ddim yn cofio Emyr yn gwneud dim heblaw cyd-weld â hi neu ei hanwybyddu. Torrodd ar ei draws.

'Paid â phoeni. Mi wna i'r petha call i gyd – cwmni yswiriant, gwasanaeth tân, pa bynnag stwff felly sy angen ei wneud. Ond rhaid i mi fod yma, mae 'na lot o waith i'w wneud. Mae o fy angen i.'

Anwybyddodd Emyr y frawddeg olaf. 'Mae dy gath di wedi penderfynu aros hefyd.'

Roedd Maria'n cerdded i mewn trwy'r drws. Bron na allent ei gweld yn crychu'i thrwyn. Aeth yn syth at Anna a mewian i gael ei chodi.

'Sbia'r jolpan! Sbia be nest ti i 'mraich i neithiwr!'

'Diolch iddi hi ddylat ti. Heblaw amdani hi...'

Mwya sydyn, roedd Anna am i Emyr fynd. Roedd hi isio cael ei gadael ar ei phen ei hun yn y tŷ. Ac mi ddalltodd yntau hynny, wrth gwrs.

'Ti'n gwbod lle 'dan ni. Mi ddo i draw fory. Mi fydd gen ti well syniad erbyn hynny be ti'n bwriadu'i wneud.'

'Diolch, Emyr.' Estynnodd ato a gafael yn ei law yn dynn am eiliad, ac yna ei gollwng yr un mor sydyn.

'Dwi'n iawn, 'sti. Sbia – dim plastar ar fy nghoes; mae gen i gar, mae gen i ffôn. Ac ydw, dwi'n gwbod lle 'dach chi.'

Ar ôl iddo fynd aeth Anna i eistedd ar y rhiniog a'r gath ar ei glin. Gwnaeth restr yn ei meddwl o'r holl bethau roedd angen eu gwneud. Aeth yn ôl i'r tŷ, codi'r ffôn a dechrau gweithio drwy'r rhestr, bob yn eitem.

Pennod 29

ROEDD y noson gyntaf honno yn Nant yr Aur yn dilyn y tân yn erchyll ac yn wych i Anna. Gweithiodd yn ddygn drwy'r dydd a llwyddo i wneud rhan o'i llofft yn ffit i gysgu ynddi. Roedd yn dal i ddrewi o fwg, ond roedd ganddi ddillad gwely glân – diolch i'r *launderette* yn y dre. Gallai fod wedi gofyn i Dora am gael defnyddio'i pheiriant golchi hi, neu ofyn yn

Nhy'n Giât am gymwynas, ond doedd hi ddim isio siarad efo neb. Syrthiodd i gysgu wedi llwyr ymlâdd, ond yn sicr y byddai'n gallu cael y tŷ i drefn yn syndod o fuan.

Erbyn i Emyr gyrraedd y bore wedyn roedd hi yn ei dagrau.

'Rŵan wyt ti'n fodlon newid dy feddwl, a dod i aros efo Dora a finna?'

'Fama dwi isio bod. Ti'n gwbod hynny, Emyr.' Sychodd ei dagrau, gan greu llinellau duon ar hyd ei bochau. 'Sylweddoli'n sydyn wnes i faint o waith sy 'na.'

Edrychodd Emyr arni am ychydig heb ddweud dim. 'Wyt ti wedi cysylltu efo'r cwmni yswiriant a phetha felly?' gofynnodd o'r diwedd.

Nodiodd Anna. Doedd hi ddim am gydnabod bod yn rhaid gwneud y pethau diflas hynny. Roedd rhan ohoni'n credu, petai hi'n aros yn Nant yr Aur yn ddigon hir, y byddai'r difrod yn dad-wneud ei hun fel briw yn mendio. Y byddai'n deffro un bore ac yn gweld llenni'r gegin yn ôl yn eu lle yn gyfan, ac erbyn y diwrnod wedyn y byddai'r llestri oedd wedi malu'n deilchion wrth i'r silff ddisgyn yn ôl ar y silff yn gyfan ac yn lân, ac na fyddai ymhen rhyw wythnos ddim olion o'r tân ond rhimyn o ôl du'r mwg yn graith uchel ar y wal.

Ond gwyddai hefyd na fyddai hynny'n digwydd. Gwyddai y byddai'n rhaid iddi rannu Nant yr Aur am wythnosau eto â gweithwyr swnllyd yn gwrando ar orsaf radio ddwyieithog lawn hysbysebion. Bu'n rhaid iddi orfodi'i hun ddoe i wneud galwadau ffôn er mwyn dechrau'r broses – yn yr un ffordd ag y gorfododd ei hun i fynd yn ôl i'r ysbyty efo Dylan pan welodd fod y symptomau'n dychwelyd. Efallai y byddai wedi bod yn well eu hanwybyddu ac aros adref, ac efallai y byddai'n well iddi fyw am byth yn y darn bychan o'r tŷ roedd hi wedi llwyddo i'w lanhau, gan fwyta brechdanau caws am nad oedd ganddi gegin.

'Do, Emyr. Mae 'na rywun yn dod draw pnawn 'ma. Dwi'n lwcus fod y ffôn yn dal i weithio, o leia.'

Mynd â Dylan i'r ysbyty wnaeth hi hefyd, a wynebu'r profion a'r triniaethau, a'r ddau ohonynt wedi'u caethiwo dan do pan allent fod wedi bod yn taflu cerrig i'r afon. Ond roedd Ioan yn gefn iddi'r adeg honno, doedd? Hyd yn oed pan nad oedd o yno yn y cnawd, roedd ei alwadau ffôn a'i gardiau post cyson yn gysur, yn ei sicrhau nad oedd hi ar ei phen ei hun. Tybed a fu'n rhaid iddo gefnogi person arall trwy rywbeth erchyll? Difarai nad oedd wedi holi mwy ar Huw, er mwyn iddi gael rhyw lun o ddarlun o weddill bywyd Ioan.

Daeth cynrychiolydd y cwmni yswiriant draw yn fuan ar ôl i Emyr adael, a dechrau'r broses a olygai fod yna, ymhen ychydig ddyddiau, dri o ddynion yn cyrraedd Nant yr Aur bob bore am wyth. Gosodwyd sgip y tu allan, a phentyrrwyd gweddillion yr unedau cegin a phob math o bethau eraill ynddi. Fentrodd Anna ddim i mewn i'r gegin i geisio achub unrhyw beth o blith y llanast du. Nid oedd y gobaith o ddod o hyd i unrhyw beth yn gyfan yn ddigon i wneud iawn am y boen o weld y pethau oedd wedi'u difrodi. Gadawodd iddynt glirio popeth. Ond, fel rhywun yn methu maddau pwyso'i fysedd yn erbyn clais poenus, câi ei denu weithiau at y sgip. Gwelodd ei phot coffi coch yno, heb ei big. Daeth un o'r dynion heibio iddi efo llwyth arall.

'Hwnna'n gyfa os 'dach chi isio fo, musus.'

A rhoddodd y cylch o wydr lliw, yn barddu i gyd, yn llaw

Anna. Am eiliad bu bron i Anna daflu'r cylch i'r sgip. Gwyddai, heblaw ei bod hi'n digwydd sefyll yn yr union fan yna wrth i'r llwyth basio, mai i'r sgip y byddai wedi mynd – ac efallai y byddai hynny wedi bod yn well. Diolchodd i'r hogyn, yr ieuengaf o'r tri, a rhedeg ei bys ar hyd y gwydr gan greu llwybr yn y parddu. Cerddodd i lawr at yr afon, penlinio a'i olchi yn y dŵr oer gan wylio'r düwch yn llifo oddi wrthi.

Roedd y gweithwyr wedi bod yn Nant yr Aur am rai dyddiau cyn sylweddoli bod Anna'n dal i fyw yno. Nid ei bod wedi dweud celwydd, ond wnaeth hi ddim sôn am y peth hyd nes i un ohonynt ddechrau holi dros baned un bore.

'Lle 'dach chi'n aros?'

A hitha'n cyfaddef mai gwersylla yno heb na chegin na dŵr poeth oedd hi.

Pan adawodd y criw'r pnawn hwnnw trodd yr hynaf ohonynt, y bòs, ati. ''Dan ni am weithio Sadwrn a Sul wythnos yma – mi fyddwn ni wedi gorffan yn gynt felly,' meddai.

Weithiau, roedd caredigrwydd yn dod o lefydd annisgwyl meddyliodd Anna.

Ystyriodd gysylltu efo Siôn, ac yna ailfeddwl. Doedd hi ddim am iddo fo weld Nant yr Aur fel hyn, yn glwyfedig. A phe bai Siôn yn dod draw, byddai'n aros – ac ar ôl cael y tŷ'n llawn pobl eraill trwy'r dydd roedd hi'n ysu am weld bysedd y cloc yn symud at bump o'r gloch. Bryd hynny, clywai sŵn eu fan Transit flêr yn gyrru i ffwrdd gan adael neb yn Nant yr Aur ond Maria a hithau.

Roedd Emyr yn galw, wrth gwrs. Ac ar ôl i'r gweithwyr ddod i'w hadnabod yn well roeddent wedi dechrau cyfeirio ato fel 'eich ffansi man chi'. Hithau ar ôl ychydig yn rhoi'r gora i'w cywiro ac yn derbyn y teitl a'r herian. Pan gyrhaeddodd Siôn, fel huddyg i botas yn ôl ei arfer, achubodd y blaen arnyn nhw a'i gyflwyno fel 'Siôn – fy nhoi boi!'

'Mi esbonia i i ti mewn dau funud,' meddai'n frysiog wrth Siôn, i gyfeiliant chwerthin y dynion. Ond prin roedd Siôn yn gwrando arni wrth iddo rythu'n gegrwth ar olion y tân yn y tŷ.

'Be ddigwyddodd?'

'Mi aeth y lle ar dân ryw noson. Neu'r gegin, o leia... Nam trydanol, meddan nhw wrtha i.' Edrychodd ar wyneb pryderus Siôn. 'Mae o'n dod, 'sti. Mae o'n altro bob dydd. Mi fyddwn ni'n iawn.'

Aeth y ddau i eistedd y tu allan. Ers y tân roedd Anna'n mynd i eistedd y tu allan yn llawer amlach, ac er bod yr ystafell fyw o leiaf bellach yn eitha cysurus, roedd hi'n dal i ddilyn yr un drefn.

'Pam 'sa chi wedi cysylltu, Anna?'

'Doedd 'na ddim pwrpas. Mae'r gwaith yn cael ei wneud. Mae Emyr yn galw. A beth bynnag...'

Gadawodd Anna'r frawddeg ar ei chanol. Arhosodd Siôn am funud cyn rhoi proc i'w hannog i fynd yn ei blaen.

'A beth bynnag be?'

'Do'n i ddim am i ti weld Nant yr Aur yn y cyflwr yma, a llawer gwaeth na hyn, yn ystod y dyddiau cyntaf.'

'Mi allwn i fod wedi helpu.'

'Mae'r gwanwyn yn dod,' meddai Anna i droi'r stori, gan edrych ar y saffrwn oedd yn dechrau gwthio drwy'r pridd rhyw droedfedd oddi wrthynt.

Bu'r ddau'n sgwrsio am ddwyawr a mwy, ond teimlai Anna ei bod wedi pechu wrth beidio â chysylltu efo Siôn i adael iddo wybod am y tân. Rhyfedd sut oedd yr hogyn ifanc yma, heb unrhyw gysylltiad â'r tŷ, wedi cymryd at Nant yr Aur, ac wedi hawlio'i le yno rywsut. Ond cofiodd wedyn am hogan fach a'i chi yn rhannu brechdan gaws ar y rhiniog hanner canrif yn ôl, mewn byd arall. Gallai gofio'r lle yn ei mwytho'n dawel. Duw a ŵyr pa hunllefau roedd Siôn yn ffoi oddi wrthynt, er bod ei sgwrs bron yn ddi-ffael yn siriol. Ond os oedd peidio â thrafod ei broblemau'n rhan o'r dianc hwnnw, pa hawl oedd ganddi hi i fynnu bod y byd go iawn yn cael ei lusgo i mewn i'r oriau a dreuliai yn Nant yr Aur?

Wedi meddwl, doedd hithau ddim yn dangos gwegil iddo ynta. Gwyddai ei bod hi wedi colli plentyn, a gwyddai fod ei pherthynas efo tad y plentyn hwnnw wedi dirwyn i ben. Ond roedd hi wedi'u cyflwyno nhw fel ffeithiau moel, rhywbeth a ddigwyddodd ac a ddarfu. Roedd yn well felly. Roedd yn ddigon ganddi fod Emyr yn gwybod pa mor agos y bu at fethu dygymod. Ond doedd y ffaith fod Emyr yn gwybod bron bopeth amdani erioed wedi'i phoeni.

Pennod 30

Fe fynnodd Siôn fynd ag Anna allan am bryd o fwyd y noson honno. Roedd y gwaith ar y gegin bron wedi'i gwblhau, ond doedd y stôf goginio newydd ddim wedi'i gosod eto.

'Dowch, dim dadlau. Mae gen i gar am unwaith, felly fydd dim rhaid i chi yrru hyd yn oed.'

Ond doedd ganddi ddim awydd dadlau. Fuodd ganddi

erioed awydd dadlau. Dyna oedd un o'r pethau a'i denodd at Ioan. Dim ond yr un tro hwnnw pan aeth hi allan i chwynnu'r betys ganol nos y cofiai hi Ioan yn codi'i lais. Roedd y profiad o ddyn a dynes yn cyd-fyw heb ffraeo mor newydd iddi fel ei bod yn rhyfeddu ato bob dydd. Gwyddai, o weld teuluoedd eraill ac o brofiad ffrindiau, bod y peth yn bosib, ond roedd byw lle nad oedd neb yn codi'i lais fel pe bai'n estyniad o'r cysur a gâi gan Nant yr Aur ei hun. Allai hi ddim dychmygu'r naill heb y llall. Daeth y berthynas rhyngddi hi a Ioan i ben heb gymaint â rheg. Weithiau amheuai mai dyna un rheswm pam na fu dyn arall yn ei bywyd – allai hi ddim mentro dod â rhywun a fyddai o bosib yn gweiddi arni i Nant yr Aur i'w halogi.

'Wyt ti'n ffraeo efo dy gariad weithia, Siôn?'

'Nac ydw. Byth.' Bron nad oedd yn edrych fel pe bai ganddo gywilydd o'i ateb. 'Mae gen i ffrindia sy'n meddwl bod hynna'n beth od,' ychwanegodd.

'Falla mai cenfigennu maen nhw, 'sti. A weithia tydi pobl ddim yn credu ei fod o'n bosib.'

Cofiodd Anna am Ddora ifanc, fwy tanbaid, yn dweud sut y bu iddi daflu holl grysau glân Emyr, a hithau ar ganol eu smwddio ac yntau eu hangen i fynd i ryw gynhadledd undeb amaethwyr, i ganol baw y buarth; i gwblhau'r weithred, neidiodd i mewn i'r tractor a gyrru'n ôl ac ymlaen drostynt. Yr hyn a wylltiodd Dora'n waeth oedd fod Emyr, ar ôl gweiddi arni i stopio, wedi mynd i eistedd ar ben clawdd y buarth a chwerthin am ei phen, chwerthin nes ei fod yn siglo meddai hi.

Adroddodd y stori wrth Siôn wrth iddyn nhw deithio i gyfeiriad y môr, i chwilio am le oedd yn darparu bwyd ganol wythnos. Roedd y ddwy dafarn gyntaf wedi cau, ond roedd hanner dwsin o geir wedi'u parcio tu allan i'r drydedd ac arwyddion yn brolio'r bwyd.

'Neith fama'r tro?'

'Siôn bach, dwi ddim 'di cael pryd o fwyd mewn tafarn ers blynyddoedd, a chydig iawn o brydau poeth dwi wedi'u cael yn yr wythnosau diwethaf. Dwi'n ddynes sydd wedi bod heb gegin ers amser hir, cofia. Coelia di fi, wna i ddim cwyno!'

Arweiniodd Siôn hi at fwrdd bychan ger y tân ac aeth at y bar i nôl diodydd a bwydlenni. Astudiodd Anna'r bobl eraill yn y dafarn – ambell gwpl, teulu oedd yn amlwg yn dathlu rhyw achlysur a dau ddyn wrth y bar â golwg arnynt fel pe baen nhw yno bob nos.

Daeth Siôn yn ei ôl â *gin* i Anna a sudd oren iddo'i hun, ac eistedd gyferbyn â hi. Trafodwyd y fwydlen, penderfynwyd, ac archebwyd bwyd. Ar ôl i'r cwrs cyntaf gael ei osod o'u blaenau, ddywedodd Anna 'run gair am dipyn, dim ond bwyta'n awchus. Ond yna, ar ôl ychydig, arafodd ac ailddechrau sgwrsio. Roedd Anna wedi anghofio sut y gall sgwrsio mewn man cyhoeddus yn aml fod yn wahanol i sgwrs gartref. Nid yn gymaint am fod pobl eraill yn gwrando – roedd pawb i'w gweld yn fodlon yn eu bydoedd bychain eu hunain – ond oherwydd bod pob siaradwr allan o'i gynefin. Teimlai fod y bwyty'n gweithredu fel rhyw dir neb, a'r sgwrs rhyngddi hi a Siôn o'r herwydd yn dilyn trywydd gwahanol.

'Mi fyddai'n braf cael cyfarfod dy chwaer a dy gariad rywbryd. Ty'd â nhw draw i Nant yr Aur. Pan fydd y tywydd wedi cnesu, falla...'

Rhoddodd Siôn ei gyllell a'i fforc i lawr ar y bwrdd a chymryd cegaid o'i sudd. Cododd y gyllell ac yna'i hailosod ar y plât.

'Dwi'n bwriadu gwneud. Ond mae gen i rywbeth i'w ddweud wrthach chi gynta. Dau beth, a dweud y gwir.'

Sylweddolodd Anna fod angen iddi wrando'n ofalus arno. Am eiliad, llai na hynny, roedd yn gyndyn o wneud. Roedd hi'n mwynhau ei chorgimychiaid a'i *gin* a gwres y tân, ac fe fyddai sgwrs fach ysgafn wedi gweddu'n well rywsut. Ond dim ond rhyw fflach o deimlad oedd hynny. Gwnaeth yn hollol amlwg â phob ystum o'i chorff ei bod yn gwrando'n astud.

'Mi fydda i'n dad fis Gorffennaf.'

Ymlaciodd Anna'n llwyr. Doedd hon ddim yn gyffes ddwys fyddai'n difetha awyrgylch y pryd bwyd. Cododd ei gwydryn a llongyfarch Siôn, holodd am fanylion, ac yna gwyddai mai'r siwgwr cyn y bilsen oedd y newydd am y bychan ar y ffordd. Gorfododd ei hun i holi.

'A'r ail beth ydi . . .?'

'Mi alwodd Huw draw i'ch gweld chi?'

'Do. Mae Ioan, tad Dylan, wedi marw, dod i ddeud...'

Ac yna stopiodd Anna ar ganol brawddeg. Roedd rhywbeth ddim yn iawn. Ceisiodd yfed ei *gin*, ond doedd yna ddim byd ar ôl yn y gwydryn ond lemwn sur a chlapiau rhew yn toddi.

'Sut wyt ti'n gwybod bod Huw wedi bod draw? Sut wyt ti'n gwbod am Huw?'

Ac fe ddechreuodd Siôn esbonio, gan ollwng darnau bychain o wybodaeth a'r rheini heb fod yn eu trefn gronolegol, na threfn pwysigrwydd, nac unrhyw drefn arall hyd y gwelai Anna. Ei gwaith hi oedd eistedd gyferbyn â fo, mewn tafarn nad oedd hi hyd yn oed yn gwybod ei henw, yn dal y darnau bychain a'u haildrefnu ar y bwrdd o'i blaen er mwyn gweld y llun oedd yn ymddangos yno.

Roedd Huw yn ewyrth i Siôn. Cofiai Siôn wylltio efo'i dad oherwydd nad oedd hwnnw'n fodlon troi'n ôl am ei fod wedi gadael ei bêl las ar ôl yn ymyl y ffa. Bu ei dad farw'n ddiweddar. Welodd o ddim llawer ar ei dad pan oedd yn blentyn bach. Nid ei fam o oedd mam ei chwaer fach. Cafodd ei eni o fewn ychydig fisoedd i farwolaeth Dylan.

Roedd rhagor o ffeithiau bychain yn cael eu taflu ati, darnau o wydr amryliw ag ochrau miniog iddynt, a hithau heb unrhyw ddewis ond creu'r mosaic allan ohonynt.

Bu ei fam farw pan oedd yn dair oed. Bryd hynny y daeth ei dad yn rhan barhaol o'i fywyd, yn dad oedd yn darllen stori a chicio pêl efo fo.

'Dyna ddigon, Siôn. Dwi'n meddwl 'mod i angen *gin* arall.'

Tynnodd Anna y darn lemwn o'r gwydryn a gwthio'r gymysgedd o rew a dŵr tuag ato. 'Un mawr, falla.'

Allai hi ddim edrych ar Siôn yn cerdded tuag at y bar. Doedd dim angen iddi edrych – roedd hi'n gwybod yn union sut roedd o'n cerdded, yn gyfarwydd ag union siâp ei draed. Cnodd gnawd y lemwn yn ei llaw heb flasu'i surni; crafodd bob tamaid â'i dannedd gan adael y croen yn lân. Daeth Siôn yn ei ôl gan osod *gin* mawr o'i blaen, a rỳm bychan ger ei blât yntau. Yfodd y ddau eu gwirodydd heb ddweud gair.

'Dwi'n meddwl 'mod i'n barod i fynd adra rŵan, Siôn.'

Bu Siôn yn sgwrsio yn y car ar y ffordd yn ôl i Nant yr Aur, ond roedd Anna'n ei chael yn anodd canolbwyntio ar yr hyn roedd o'n ei ddweud. Ceisiodd yntau esbonio sut y bu iddo, yn dilyn marwolaeth ei dad, deimlo'r ysfa ryfedda i ddychwelyd i'r lle y treuliodd ei wylia flynyddoedd yn ôl. Allai o ddim esbonio'r peth. Roedd o wedi cael sawl gwyliau arall, ond hwn oedd yr un roedd o'n ei gofio.

'A Dad yn deud storis am hogyn bach o'r enw Dylan oedd yn byw yma erstalwm. Wnaeth o ddim esbonio'r adeg honno bod Dylan yn fab iddo fo, a dwi ddim hyd yn oed yn siŵr a o'n i'n credu bod Dylan yn fachgen go iawn. A dwi'n ei gofio fo'n esbonio sut oedd y tŷ wedi tyfu o'r graig yn y cefn amser maith yn ôl.'

Stopiodd Siôn y car wrth y giât. Wnaeth o ddim hyd yn oed ddiffodd yr injan.

'Adewa i chi am heno.'

Gorfododd Anna ei hun i ddweud nos dawch wrtho, ond yr eiliad y diflannodd y car rownd y tro roedd hi'n difaru na fyddai wedi ei gofleidio.

Pennod 31

ROEDD y gweithwyr yno ben bore efo'r stôf goginio newydd.

'Dyma ni, musus – gosod hon yn ei le, mymryn o dwtio, ac wedyn mi gewch chi lonydd gynnon ni.'

Tra oeddan nhw'n gwneud hynny aeth hithau i nôl y cylch gwydr lliw, rhoi llinyn newydd drwy'r ddolen a'i ailgrogi yn y ffenest. Tywynnai haul y bore drwy'r machlud unwaith eto.

Erbyn hanner dydd roedd popeth wedi'i wneud. Paciodd y dynion eu holl offer i mewn i'r Transit am y tro olaf, ac roedd Anna ar ei phen ei hun yn Nant yr Aur. Doedd dim golwg o Maria, hyd yn oed.

Wrth iddynt adael, edrychodd yr hynaf o'r gweithwyr i lawr y cwm a gweld y Landrover las yn agosáu.

'Ffansi man ar ei ffordd. Gewch chi neud bwyd iddo fo heddiw.'

Atebodd Anna mohono fo.

'Ydach chi'n iawn?'

Creodd Anna gur pen, ac yna sylweddoli bod ganddi gur yn ei phen. Roedd hi wedi cysgu trwy'r nos, ond teimlai ei bod wedi bod yn breuddwydio trwy'r nos. Darnau o ffilmiau clasurol oedd y breuddwydion, a hithau'n cyfarwyddo, ond roedd yr actorion ynddynt yn gwrthod dilyn ei chyfarwyddiadau. Yn y ffilm roedd Ioan yn dweud ei fod yn ei charu, a hithau'n trio mynnu ei fod yn dweud y gwir.

'Ond dyna sy yn y sgript, Anna. Rhaid i mi lynu wrth y sgript.'

Ceisiodd gofio a oedd ganddi dabledi lladd poen yn y tŷ, ac eto roedd hi'n amau a fyddent yn cael unrhyw effaith. Gwyliodd y Transit yn gadael a'r Landrover yn agosáu. Gobeithiai weld honno'n troi am Dy'n Giât ac y byddai Emyr yn brysur am weddill y dydd yn annog ac yn atal ei feibion. Ond dod i Nant yr Aur roedd Emyr, a doedd gan Anna ddim awydd trafod y noson cynt efo neb. Wrth beidio â thrafod, gallai gymryd arni nad oedd wedi digwydd. Deisyfai am un noson heb yr wybodaeth, fel y deisyfodd gael un noson ddiniwed arall yn chwarae efo car bach glas amser maith yn ôl.

Cymerodd Emyr un cipolwg arni. 'Be sy'n bod arnat ti?' gofynnodd yn siarp.

'Ty'd i weld y gegin wedi'i gorffan.' Pwyntiodd at y cylch

gwydr yn taflu ei liwiau ar draws y llawr. 'Dyna'r unig beth gafodd ei achub o'r tân.'

Ac Emyr, yn llawn sylweddoli ei arwyddocâd, yn gwenu arni. Ond prin y cafodd wên yn ôl. Gwyddai Anna y byddai'n rhaid iddi ddweud wrth Emyr am y noson cynt. Fyddai dim rhaid sôn gair wrth neb arall, ac ni fyddai'n rhaid iddi siarad efo Siôn byth eto – doedd dim angen gwneud unrhyw beth efo'r mosaig â'i ochrau miniog, anorffenedig. Ond roedd yn rhaid dweud wrth Emyr. Os na wnâi hynny byddai'r wybodaeth fel crac cul, cul rhyngddynt a hwnnw'n tyfu'n agendor llawn dŵr budr. Gwnaeth baned ac edrych mewn syndod ar y tebot newydd a'r mygiau newydd. Hi oedd wedi eu prynu, ac wedi mwynhau gwneud. Treuliodd ddiwrnod cyfan yn gwario. Dewisodd ambell beth oedd yn debyg i'r hyn a ddifrodwyd, ond dewisodd hefyd lawer o bethau gwahanol. Ond rŵan, am ennyd, edrychodd ar y tebot gwyrdd a'r mygiau gwynion fel pe na bai ganddi syniad o ble y daethant.

'Mi es i allan am bryd o fwyd efo Siôn neithiwr.'

Waeth iddi hi ddechra felly ddim. Ac eto, efallai y byddai'n well petai hi wedi dewis brawddeg wahanol, un nad oedd yn cynnwys ei enw, efallai; un nad oedd yn cynnwys enw neb. Roedd ei stori hi mor bytiog a di-drefn ag un Siôn, ond doedd hynny ddim fel petai'n gwneud llawer o wahaniaeth i Emyr. Gwrandawodd yn astud, a'i de yn oeri o'i flaen.

'Ro'n i'n arfer gwybod stori fy mywyd, Emyr. Pnawn ddoe mi o'n i'n gwybod stori fy mywyd. Ond rŵan tydw i ddim.'

'Pa wahaniaeth mae o'n neud?'

Sylweddolodd Anna ei bod yn anodd iawn disgrifio'r gwahaniaeth rhwng bore heddiw a phnawn ddoe. Roedd ganddi galeidosgôp un tro, pan oedd yn blentyn. Un symudiad bychan i hwnnw ac fe fyddai'r holl batrwm yn newid yn llwyr, yn batrwm nad oedd ganddo unrhyw gysylltiad â'r un cynt. Roedd y drychau ynddo'n lluosi'r newid bach a'i osod ym mhob rhan o'r cylch amryliw. Ceisiodd esbonio hyn i Emyr. Fel arfer roedd yn deall ei hesboniadau od, trosiadol. Ond heddiw roedd yn dawedog ac yn edrych ar goll yn llwyr. Ailadroddodd ei gwestiwn cyntaf fwy neu lai.

'Fydda fo wedi gwneud unrhyw wahaniaeth petai rhywun wedi dweud wrthat ti? Fyddai petha'n well petait ti wedi gwybod am Siôn ers blynyddoedd?'

'Dwn 'im. A phwy fyddai wedi gallu dweud wrtha i?'

'Fi. Mi allwn i fod wedi dweud wrthat ti.'

Wrth gwrs fod y mygiau'n newydd a'r tebot yn newydd a'r stôf yn newydd a'r paent ar y waliau'n lân ac yn newydd. Roedd yn rhaid iddyn nhw fod. Oherwydd roedd popeth wedi newid. Doedd hi ddim hyd yn oed yn siŵr a oedd waliau Nant yr Aur yn dal yn union yr un lle. Roedd hi'n syllu mor galed ar y llestri newydd ar y bwrdd fel na chlywodd hi ddechrau esboniad Emyr. Ac esbonio oedd o, sylweddolodd, nid ymddiheuro. Roedd wedi gwneud penderfyniad meddai, bum mlynedd ar hugain yn ôl, i beidio â sôn gair wrth Anna, ac wedi bod yn dawel ei gydwybod ynglŷn â hynny hyd nes yr ymddangosodd Siôn. Clywodd Anna ef yn esbonio sut y bu ond y dim iddo beidio â phostio'r llythyr rhag ofn mai Siôn Williams oedd y Siôn deng mlwydd oed hwnnw fu'n cicio pêl efo fo yng ngardd Nant yr Aur.

'Ond mi o'n i'n gwybod pwy oedd o y munud y gwelis i o. Doeddat ti ddim yn ei weld o'n debyg i Ioan?'

Meddyliodd Anna am ei gwestiwn, ond allai hi mo'i ateb. Cododd a gafael yn y mygiau, tollti'r te oer lawr y sinc, gwagio'r dail te i'r bwced gompost, golchi'r mygiau, eu sychu a'u crogi ar y bachau newydd. Synnodd fod y bachau'n dal eu pwysau, synnodd fod y waliau'n gallu dal y bachau.

Sylweddolodd ei bod hi ar ei chythlwng; roedd rhyw wacter mawr y tu mewn iddi, ac er ei bod yn amau a fyddai unrhyw beth ar blât yn ei lenwi, dechreuodd blicio nionod, eu tafellu'n fân a'u ffrio. Felly bydd pawb yn dechrau coginio pan nad ydyn nhw yn siŵr beth i'w baratoi. Symudodd y nionod o amgylch y badell â llwy bren, a'u harogl yn lliniaru rhywfaint ar ddieithrwch y lle.

'Cer, Emyr. Falla fod Dora wedi gwneud bwyd i ti.'

Pennod 32

AM Y TRO cyntaf erioed, toddodd Ioan ac Emyr yn un ym mhen Anna ac yna gwahanu eto yr un mor sydyn. Daeth llun i'w meddwl o'r ddau ohonynt. Dylan yn wael, ond yn ddigon da i fod allan yn yr ardd yn chwarae am ychydig, a'r ddau ohonynt, dynion ifanc, efo potel o gwrw yr un, yn yr haul yn ei wylio. Byddai hynny wedi bod rhyw ddeufis cyn i Dylan farw. Nid felly roedd hi wedi cofio Ioan, ac nid felly roedd hi wedi gweld Emyr. Ond heddiw, dyna'r unig lun oedd ganddi ohonynt. Doedd hi ddim yn gwybod pwy oedd y dyn fu'n gafael yn ei llaw o'r eiliad y gadawsant y tŷ i'r munud y camodd y ddau'n ôl dros y rhiniog ar ddiwrnod claddu eu mab. A doedd y llall yn neb ond hen ddyn gwirion a arferai fyw yn Nhy'n Giât.

Allai Anna ddim meddwl be i'w wneud efo'r nionod. Daliai i'w ffrio gan edrych arnynt yn dechrau duo. Yn y diwedd, wnaeth hi ddim ond torri dwy dafell flêr o fara, taenu menyn yn dew arnynt, rhoi'r nionod ar y brechdanau a mymryn o gaws a phupur du ar eu pennau. Bron nad oedd hynny, hyd yn oed, yn rhy gymhleth. Daeth Maria i mewn a neidio ar ben y bwrdd gan synhwyro, fel mae cathod yn ei wneud, na fyddai'n cael ei cheryddu heddiw.

'Diolcha nad wyt ti'n ddim byd i neud efo'r un ohonyn nhw, Maria.'

Ac wrth iddi ddweud hynna, gallai gofio Huw'n esbonio ei fod o a'i gariad yn magu cathod Burmese. Wrth gwrs, fyddai rhywun a fagai gathod sioe ddim am gadw'r cathod bach petai rhyw gwrcath strae wedi crwydro a mynd i'r afael ag un o'i gathod. Rhoddodd Anna ei bys yn y menyn ar y frechdan a'i ddal i Maria ei lyfu.

'Paid â phoeni. Wna i ddim holi. Dwi ddim isio gwybod.'

Aeth i eistedd o flaen y tân yn yr ystafell fyw. Fe fyddai wedi hoffi mynd i eistedd y tu allan, ond roedd glaw mân yn disgyn a niwl yn dechrau cau o amgylch Nant yr Aur. Fyddai hi ddim yn gallu gweld dim byd petai'n eistedd allan ac fe fyddai'r gwlybaniaeth oer yn treiddio trwy bob dilledyn; hwn oedd y math o law sydd, heb guro'n wyllt, yn diystyru pob cot ac ymhen amser yn cyrraedd mêr yr esgyrn. Rhoddodd goedyn arall ar y tân, a diolch amdano ac am bedair wal.

Eisteddodd yn y gadair, ei choesau wedi'u plygu oddi tani. Eisteddodd yno nes ei bod wedi hen gyffio. Ymestynnodd ei choesau'n syth o'i blaen, a'r pinnau mân yn brathu; rhoddodd ragor o goed ar y tân, ac aeth yn ôl i eistedd yn y gadair. Doedd yna ddim pwrpas gwneud dim byd arall. Allai Anna ddim meddwl be ddylai hi wneud, be oedd angen ei wneud. Ceisiodd ddychmygu be fyddai hi wedi'i wneud heddiw heblaw am . . . Roedd hi'n ei chael yn anodd gorffen y frawddeg. Roedd disgrifio be yn union oedd wedi newid yn anodd.

Canodd y ffôn, ond wnaeth hi ddim codi i'w ateb. Gwthiodd y postmon lythyrau drwy'r drws, a gadawyd hwy ar y mat. Doedd hi ddim isio rhagor o wybodaeth o unrhyw fath. Roedd darn ohoni'n synnu na holodd hi Siôn yn fwy manwl, ac yn synnu na fynnodd esboniad gan Emyr. Ond gwyddai na fydden nhw'n dweud y gwir wrthi, dim ond eu fersiwn hwy o'r gwir, fel golau wedi'i stumio trwy brism.

Efallai y dylai hithau greu rhyw wirionedd gwyrdroëdig, creu stori a fyddai'n esbonio pam roedd Siôn wedi'i genhedlu, a pham roedd Ioan wedi ei gadael heb esbonio – heb ddweud bod ganddo fab oedd ei angen, mab iach, mab byw. Efallai y gallai greu stori felly rywbryd, ond ddim heddiw.

Clywodd dwrw y tu ôl iddi, ac am eiliad wallgo credai fod cerrig y muriau'n ceisio mynd yn ôl i'r graig; fod y rheini hefyd yn ei gadael, yn ei bradychu. Ond dim ond Maria oedd yno, wedi mynd i mewn i'r bocs cardbord lle cadwai Anna weithredoedd y tŷ. Er yr holl lanhau a chlirio a thrwsio a fu, doedd hi heb fynd â hwnnw'n ôl i'r llofft. Joban ar ei chanol oedd hi, ac roedd hi'n bwriadu ei gorffen ryw ddydd, a rhoi trefn ar bethau.

Neidiodd y gath o'r bocs â llygoden yn gwichian a gwingo yn ei cheg. Gollyngwyd y llygoden, rhedodd honno ychydig fodfeddi cyn cael ei dal a'i gollwng eto. Aeth y llygoden i guddio y tu ôl i'r bwced lo, arhosodd Maria am funud yn ei gwylio, ac yna gan ddefnyddio un bawen, ei bachu allan o'i chuddfan yn gelfydd. Rhewodd y llygoden mewn ofn neu mewn poen a chafodd ei tharo â phawen ysgafn i'w chymell i redeg eto. Gwyliodd Anna hyn i gyd heb deimlo dim. Cododd o'r gadair a cherdded heibio'r ddrama o boenydio fel pe na bai'n digwydd o gwbl. Gafaelodd yn y bocs papurach a'i osod wrth ymyl y bwrdd.

Roedd cynlluniau Huw – yn ogystal â bod yn fudr ar ôl yr huddug – hefyd yn faw llygod drostynt ac yn dyllau mân i gyd. Doedd dim pwrpas eu cadw. Aeth i'r cefn, i'r gegin lle'r oedd popeth yn newydd ac yn anghyfarwydd, i nôl y bwced gompost. Dechreuodd rwygo'r tudalennau'n stribedi a'u gollwng i mewn i'r bwced ar ben y croen nionyn. Byddai'r papur, fel y croen, yn pydru ac yn creu gwrtaith.

O dan y cynlluniau, roedd y gweithredoedd mewn cyflwr chydig yn well. Roedd y ffaith eu bod mewn amlen wedi eu harbed rhag y niwed gwaethaf. Glanhaodd nhw ora medrai hi a mynd i nôl amlen wen, lân iddynt. Gafaelodd yn y pasbort a'i osod naill ochr heb edrych arno, ac yna parhau i fynd trwy weddill y papurach. Pethau oedd yn bwysig ar y pryd oedd y rhelyw. Doedd dim angen eu cadw.

Daeth yn ymwybodol o sŵn crensian wrth ei thraed. Roedd Maria bellach wedi cael digon ar chwarae â'r llygoden. Bwytaodd y corff bychan yn ddestlus gan adael y perfeddion ar ôl; cododd Anna'r rheini a'u gollwng hwythau i mewn i'r bwced gompost.

Pennod 33

AETH deuddydd neu dri heibio. Roedd y pasbort yn dal ar y bwrdd, a gallai Anna daeru ei fod yn tyfu, ei fod ychydig filimetrau'n hirach a chydig filimetrau'n lletach bob tro yr edrychai arno. Byddai mor hawdd rhoi chydig o bethau mewn bag a gyrru i lawr y lôn. Am y tro cyntaf yn ei bywyd, doedd hi ddim yn teimlo'n saff yn Nant yr Aur.

Alwodd neb heibio ac fe anwybyddodd Anna'r ffôn bob tro roedd yn canu. Ac eto ysai am gael siarad efo Emyr. Nid yr Emyr a adawodd y tŷ dridiau ynghynt, ond yr Emyr oedd wedi bodoli am yn agos i ddeng mlynedd ar hugain cyn hynny. Roedd hi isio siarad efo'r dyn fu'n ffrind iddi gyhyd, ond roedd hwnnw wedi diflannu. Diflannodd wrth iddo ddweud y geiriau 'Fi. Fe allwn i fod wedi dweud wrthat ti'. Nid newid y patrwm yn y caleidosgop wnaeth y frawddeg yna, ond ei chwalu'n llwyr.

Tybed a oedd Emyr wedi ystyried dweud wrthi, ar wahanol adegau yn ystod y degawdau o sgwrsio am bopeth arall dan haul? Oedd o wedi bod yn ymwybodol o'r peth bob tro roedd yn ei chwmni? Neu oedd o fwy neu lai wedi anghofio, wedi ffeilio'r wybodaeth am Siôn mewn rhyw sbensh lychlyd yn ei ymennydd? Efallai ei fod wedi'i wthio i fanno yr ennyd y cafodd wybod. Unwaith eto, gwelai yn ei meddwl ddau ddyn yn eistedd yn yfed cwrw yn yr haul, a'r tro yma difrifolodd eu hwynebau wrth iddynt sgwrsio. Ond wynebau dau ddieithryn oeddan nhw bellach.

A byddai'n rhaid iddi aros i Siôn ddod draw cyn y gallai wynebu'r gorffennol newydd a greodd ar ei chyfer, y gorffennol roedd o'n rhan ohono. Efallai mai fo oedd yn ffonio, ond doedd hi ddim am siarad ar y ffôn. Roedd yn rhaid iddi ei weld yn Nant yr Aur cyn y byddai'n gwybod faint o newid a fu rhyngddynt. Ond roedd hi'n cael cysur o un peth – doedd hi ddim yn teimlo unrhyw ddicter tuag at Siôn ei hun. Plentyn oedd o ar y pryd.

Roedd Anna'n sefyll yn y gegin pan glywodd y drws yn agor. Am eiliad teimlai'n swp sâl. Roedd yn amlwg fod un o'r ddau'n mynd i alw'n hwyr neu'n hwyrach, ond doedd hi ddim am siarad efo neb heddiw. Fory, efallai.

'Fi sy 'ma!'

Clywodd sŵn sgidiau Dora'n clecian ar draws y crawiau ar lawr yr ystafell fyw. Am y tro cyntaf erioed, teimlai Anna ryddhad mai Dora oedd yna. Cerddodd honno i mewn i'r gegin yn edrych fel draig fechan. Bron na allai Anna weld mymryn o fwg yn llifo allan trwy'i ffroenau.

'Mae o wedi dweud wrtha i! Ddudis i 'n do, fod 'na rwbath o'i le, fod 'na rwbath yn 'i boeni fo.'

Roedd llifeiriant sgwrs Dora'n waeth nag arfer. Am funud neu ddau credai Anna mai blin efo Emyr oedd Dora am nad oedd o wedi rhannu'r gyfrinach 'ma efo'i wraig, ond yn fuan iawn fe sylweddolodd ei bod hi'n gandryll efo fo am yr hyn a wnaeth, a'i bod yn cydymdeimlo efo Anna. Bron nad oedd ganddi gywilydd o'i gŵr.

'Pam na fysa fo wedi deall bod petha fel hyn wastad yn dod i'r fei yn y pen draw? Roedd o'n gwybod be oedd yn mynd ymlaen, a chditha'n yr ysbyty efo'r hogyn bach. Ac mi fuodd Ioan yn aros yma 'sti, efo'r Siôn 'na. Mi es i at fy chwaer am chydig yr ha' hwnnw, welis i mohono fo, neu...'

Tywalltodd Anna de i'r mygiau gwynion a rhoi tafell o lemwn yn ei mŵg hi.

'A rŵan mae o'n eistedd yn y tŷ a'i ben yn ei blu, ac yn dweud bod ganddo fo ormod o ofn neu gywilydd neu rwbath i ddod i dy weld di.'

Teimlodd Anna ei gwrychyn yn codi. 'Emyr ofynnodd i ti ddod yma, Dora?'

'Argol fawr, naci. Sgynno fo ddim syniad 'mod i yma.'

Oedodd Dora am funud, a bron na fyddai Anna'n taeru ei bod yn trio meddwl am y geiriau mwya addas. Yna aeth yn ei blaen, yn dawelach – yn ddraig degan, yn ddraig glwt – mwya sydyn.

'Ond os daw o i fyny 'ma, wnei di wrando arno fo, Anna? Ti'n bwysig iddo fo. Ti wastad wedi bod, a dwi wastad wedi gwybod hynny.'

Mae'n siŵr fod Anna wedi rhoi rhyw lun o ateb iddi hi, ond allai hi ddim cofio'n union be ddwedodd hi. Rhywbeth ynglŷn â theimlo bod popeth yn chwalu o'i hamgylch, efallai; rhywbeth ystrydebol felly.

Roedd hi'n disgwyl y byddai Emyr yn galw ymhen ychydig ddyddiau ond ddaeth o ddim. Yn hytrach, yn gynnar iawn un bore, fe gyrhaeddodd Siôn. Safodd yn y drws yn ansicr o'i groeso.

'Doeddach chi ddim yn atab eich ffôn.'

Edrychodd Anna arno ac ystyried cwestiwn Emyr, 'Doeddat ti ddim yn ei weld o'n debyg i Ioan?' Ond allai hi ddim ateb y cwestiwn hwnnw rŵan chwaith. A beth bynnag, nid pryd a gwedd oedd yn bwysig. Nid dyna pam ei fod wedi hawlio'i le yn Nant yr Aur. Ac eto, roedd yn hollol amlwg. Allai o ddim bod yn fab i neb arall. Mab Ioan oedd hwn a…Ond allai hi ddim, ddim hyd yn oed yn ddistaw yn ei meddwl, enwi'r cwlwm perthyn arall. Byddai ei enwi'n cydnabod ei fodolaeth. Rhoddodd ei llaw yn ysgafn ar ei foch am eiliad.

'Wyt ti'n iawn?'

'Yndw. Ydach chi isio siarad am Dad?'

Gwingodd Anna a rhoi ei llaw ar glicied y drws. 'Nac 'dw. Ddim rŵan.'

Safodd y ddau ohonynt yn y drws am sbel a Maria'n gwau rhwng eu coesau.

'Ond mi ydw i isio gwybod mwy am y plentyn 'ma sy ar y ffordd.'

Gwenodd Siôn, gwên plentyn teirblwydd. 'Mae Siwan yn y car.'

Eisteddodd y tri ohonynt o amgylch y bwrdd derw'n yfed te o'r mygiau newydd. Symudodd Anna'r papurach oedd arno i un ochr, a gwthio'r pasbort yn ddiogel i boced cefn ei jîns. Bu yn y boced am wythnos a mwy tra bod presenoldeb dau ifanc yn y tŷ yn newid ei phatrwm beunyddiol. Gwnaeth Siôn a Siwan sawl tasg oedd angen ei gwneud – golchodd hi'r holl ffenestri a bu yntau'n chwistrellu cemegau i ladd y pry oedd wedi dechrau ymosod ar un o'r distiau.

❧

Syllodd Anna ar gysgodion y dail ifanc yn symud 'nôl a 'mlaen ar hyd y llawr wrth i'r awel siglo'r gangen. Doedd dim cysgodion yno ddoe, a byddai'r canghennau'n foel yn fuan iawn eto. Ond roedd cysgodion y dail yno heddiw. Gwyddai y byddai Emyr yn cyrraedd Nant yr Aur yn hwyr neu'n hwyrach. Er iddo droi'n ddieithryn iddi dros nos, roedd hi'n sicr o hynny. Yfodd ei choffi'n hamddenol wrth ystyried y peth. Gwyliodd yr holl bobl yn cerdded heibio'r byrddau bach crynion ar y palmant, a dychmygodd y Landrover las yn gyrru i fyny'r lôn drol a Siwan yn agor y drws ac yn cerdded allan i'w gyfarfod.

'Chwilio am Anna 'dach chi? Tydi hi ddim yma.'

Mae'n bosib y byddai'n gwenu arni. Neu efallai ddim, dim ond edrych ar ei bol oedd yn dechrau chwyddo o dan ei chrys T pinc tyn, cyn troi'n ôl at ei Landrover heb ddweud gair. Wrth iddo fagio i yrru i ffwrdd, yn ôl i'r pentref neu i Dy'n Giât, byddai'n troi'i ben ac yn cymryd cip sydyn ar ffenest y gegin, a honno bellach yn ddim ond cwarel petryal o wydr clir. Roedd y cylch o wydr lliw wedi diflannu, a byddai Emyr yn gwybod bod Anna wedi mynd.